¡Mamá, quiero ser pastelero!

APRENDIENDO CON
SERGI VELA

Editorial EJ Juventud
Provença, 101 - 08029 Barcelona

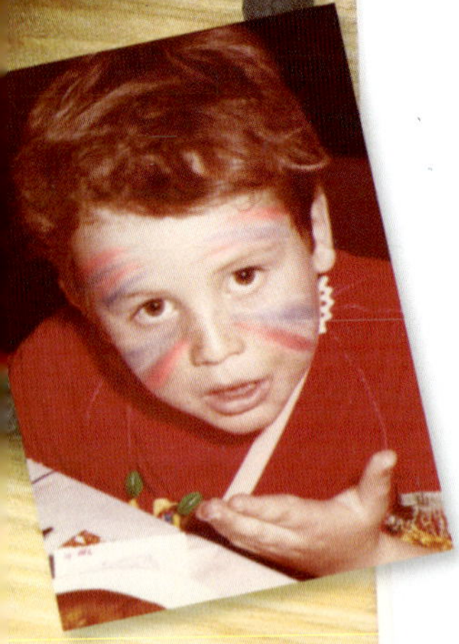

¡Hola, chicos!

Cuando me propusieron escribir un libro de pasteleria para niños, pensé:
¡Hey, eso puede molar!

Enseguida pensé: las recetas del libro deberán ser sencillas para que las pueda hacer todo el mundo en casa, sin ingredientes complicados. Ahora toca volver a ser un niño. La verdad es que es algo que no me cuesta, no me separo demasiado de mi yo infantil. Tengo la gran suerte de haber disfrutado de una infancia superdivertida y siempre intento pasarlo bien, sobre todo en el trabajo. Porque si disfrutas, seguro que el resultado te va a salir mucho mejor. Le llaman trabajo, pero para mi la pasteleria no es un trabajo, es el vehiculo que me transporta a un planeta donde las nubes son de algodón de azúcar, las montañas son de helado de vainilla, las casas son de chocolate y la fragancia que se respira es como de limón.

Debo hacer fáciles y alcanzables las recetas de este libro, porque cuanto más sencillo sea, más les gustará a los peques, empezando por las secciones: tienen que tener nombres simpáticos como "La merendola", "Tú eres el chef", "Choc and Roll", "Con las manos en la masa" o "Kit de supervivencia", inventando un lenguaje gastronómico infantil que nos permita a todos entender de qué manera vamos a seleccionar y ordenar las diferentes recetas.

Lo hemos hecho, y digo lo hemos porque me ha ayudado un equipazo de alumnos de pasteleria de la EHTB, concretamente Alicia, Asun, Mireia, Kiara, Cris, Meritxell y Giovana, con toda la ilusión y el cariño del mundo. ¡Esperamos que os guste! Son recetas totalmente prácticas, pero echadle un ojo también a la parte teórica, que está muy bien. Chicos, os dejo, que tengo unas madalenas en el horno y no quiero que se quemen. Y ante todo os digo: intentad hacer las recetas siguiendo muy bien los pasos indicados, pero sobre todo intentad pasarlo muy bien y ser muy felices.

Sergi Vela

Índice

¡Diviértete con la mejor selección de recetas que Sergi Vela ha preparado para ti!

Cómo utilizar este libro

Características de la receta

En cada receta encontrarás una serie de iconos que valoran el nivel de dificultad y te informan de los tiempos que necesitarás para cada parte del proceso, así como el número de raciones. Esta parte es importante para organizarte antes de empezar.

Nivel de dificultad · Tiempo de elaboración · Tiempo de cocción · Tiempo de reposo · Número de raciones

Etiquetas

Las etiquetas te darán una idea de qué tipo de elaboración vas a hacer; «Para la merienda», «Para sorprender», «Postre», «Fiestas», etc.

Ingredientes

Sigue la lista de ingredientes lo más exactamente posible. En pastelería, a veces, una pequeña variación puede dar un resultado inesperado.

En las recetas todos los ingredientes están en gramos, incluso los líquidos, para que te sea más fácil pesarlos en tu balanza. Además, ¡así es como lo hacen los profesionales!

Glosario

Fíjate que a lo largo del libro, en las explicaciones aparecen **palabras resaltadas**. Son palabras que quizás no conoces y te explicamos en la página 186.

Trucos y consejos

En todo el libro irás encontrando un montón de consejos y trucos que quiero compartir contigo. ¡Ahora sabrás algunos de los secretos de un buen pastelero!

Ingredientes esenciales

4 especias

Se llama 4 especias a una mezcla que suele comprender pimienta molida, nuez moscada rallada, clavo y canela en polvo. En Egipto se añade a la harina para perfumar el pan y la repostería. En Europa también se consume mucho, sobre todo en Francia, Bélgica y Suiza.

Aceite de girasol

El aceite de girasol es un aceite de origen vegetal que se extrae del prensado de las semillas de la planta de girasol. Se trata de un conjunto de grasas insaturadas, cardiosaludables y fuente abundante de vitamina E, y se considera también un potente antioxidante.

Aceite de oliva

El aceite de oliva es un aceite vegetal de uso principalmente culinario que se extrae del fruto del olivo denominado oliva o aceituna. Casi la tercera parte de la pulpa de la aceituna es aceite y, por esta razón, desde la antigüedad se ha extraído fácilmente con una simple presión ejercida por un molino.

Agar-agar

El agar-agar es una sustancia mucilaginosa con propiedades gelificantes que se extrae de algas rojas, y lo encontramos en forma de polvo. Es necesario hervir la mezcla en la que vayamos a agregar este elemento, ya que se hidrata y actúa por ebullición.

Albahaca

La albahaca es una hierba que se usa como especia para saborizar diferentes platos, tanto en el mundo dulce como en el salado. Es muy aromática, balsámica, mentolada y refrescante.

Almendra

La almendra es la semilla del fruto del almendro dulce. Se consume como fruto seco, frito y/o salado y con ella también se elaboran productos tan conocidos como el turrón y el mazapán. Las almendras proporcionan mucha energía, proteínas, minerales, vitaminas y fibra. En pastelería se utiliza mucha almendra en polvo, también llamada harina de almendra; en grano, laminada, entera, pelada, con piel; además se utiliza el aceite de almendra amarga para aromatizar ligeramente algunas elaboraciones pasteleras.

Almidón

La procedencia del almidón se encuentra en la mayoría de los vegetales, en sus granos (maíz, trigo, arroz), o bien en las frutas (manzana), en raíces (mandioca), o en tubérculos (patata). Los almidones actúan como agentes ligantes y espesantes en todo tipo de cremas y salsas. Son agentes de texturas, no resisten la congelación y son aptos para personas intolerantes al gluten.

Anacardo

El anacardo es un fruto seco con muchísimas propiedades y nutrientes, destacando su gran contenido en selenio, que es un gran antioxidante. Posee una curiosa peculiaridad, ya que produce el fruto fresco y el seco al mismo tiempo.

Anís estrellado

El anís estrellado es una especia ligeramente picante que posee matices aromáticos de anís y regaliz. Se puede moler o infusionar con el fin de aromatizar las tartas y los panqueques.

Avellana

La avellana es el fruto del avellano común. Se encuentra en España, sudoeste de Francia, norte de Italia y Turquía. Tiene forma esferoidal y es, junto a la almendra, la reina de los frutos secos, utilizada en confitería, garrapiñada o mezclada con chocolate. Es uno de los principales ingredientes de las cremas untables de cacao tan conocidas.

Azafrán

El azafrán, originario de Oriente, se presenta en forma de filamentos parduzcos, que son los estigmas de la flor; o de polvo amarillo anaranjado. El azafrán tiene también aplicaciones en medicina, y alcanza precios elevados porque su cultivo, recolección y manipulación son muy delicados. Antes de utilizarlo se tiene que tostar para que desarrolle los aromas. Tiene un olor y sabor picantes, metálicos, muy cortantes. Se combina con frutas, chocolate y lácteos.

Azúcar

El azúcar común también llamado sacarosa, puede proceder de la caña de azúcar o de la remolacha. Frente algunas creencias, no hay diferencia alguna entre ambos en su estructura, ni física, ni química. Es un conservante natural y tiene poder cristalizante como se demuestra en los caramelos. Los azúcares de caña o sin refinar son muy empleados en la pastelería anglosajona. Poseen notas aromáticas que recuerdan al regaliz y un color más oscuro debido principalmente a restos de fibras.

Cacao en polvo

El cacao en polvo es la parte sólida que resulta a partir de la presión de la pasta de cacao, proveniente de los granos de cacao tostados. Existen cacaos en polvo totalmente naturales y alcalinizados con una amplia gama de colores, desde marrones oscuros, pasando por rojos intensos, hasta completamente oscuros.

Café

El café es un arbusto originario de Sudán y de Etiopia cuyos frutos son pequeñas bayas rojas. Estos granos se limpian y se tratan hasta convertirse en el café verde, que a continuación se tuesta entre 200 ºC y 250 ºC, operación clave para obtener el color ligeramente castaño, su sabor y su aroma. El café es un ingrediente muy utilizado en pastelería y una de las bebidas más consumidas en el mundo.

Canela

Especia muy utilizada en pastelería y tiene notas amaderadas, especiadas, dulces, muy aromáticas y ligeramente picantes, con un perfil aromático intenso y dulce. La canela es una corteza que marida perfectamente con una gran cantidad de recetas pasteleras. La rama se utiliza en infusión y el polvo se utiliza en aplicación directa (arroz con leche, cakes, etc).

Chocolate blanco

El chocolate blanco no lleva en su composición pasta de cacao, solo lleva leche en polvo, manteca de cacao, lecitina de soja y azúcar. Como el cacao se añade en forma de manteca en lugar de sólidos, ha habido cierta discusión sobre si el chocolate blanco es chocolate auténtico.

Chocolate con leche

En 1875 Daniel Peter, suegro de Henri Nestlé, inventó el chocolate con leche. Este está compuesto por pasta de cacao, manteca de cacao, leche en polvo, lecitina de soja y azúcar.

Chocolate negro

El chocolate negro está compuesto por pasta de cacao, manteca de cacao, lecitina de soja y azúcares. En 1923 Franck Mars inventó la primera barrita de chocolate negro.

Cobertura de chocolate

Es un tipo de chocolate de calidad (blanco, con leche o negro) que contiene entre un 32 % y un 39 % de manteca de cacao. Ver glosario.

Fruta confitada

La fruta confitada es la fruta que se sumerge y cocina posteriormente en almíbar de forma que pierde su humedad interior y se logra así conservarla. Existen diferentes tipos de confitados con más o menos intensidad de dulzor. Se confitan numerosos tipos de frutas, como cereza, naranja, albaricoque, melocotón...

Estos son solo algunos de los ingredientes que utilizamos en pastelería

Frutas deshidratadas

Ciertas frutas mantienen su sabor conservadas mediante secado, sea al sol en los países cálidos, o por exposición a un calor seco en estufas o en túneles de secado. Posteriormente se rehidratan mediante remojado. Su valor nutritivo es tres o cuatro veces mayor que el de la fruta fresca, salvo en lo que respecta a la vitamina C, que se destruye con el calor.

Haba tonka

El haba tonka es la especia que está de moda y es conocida por su sabor a almendra dulce ligeramente picante y ahumada. Su aroma es cautivador, con notas de vainilla y caramelo. Su sabor es muy apreciado en postres como natillas, cremas inglesas, pasteles o en el chocolate.

Habas de cacao

El cacao es el fruto del cacaotero originario del Amazonas. Las semillas del cacao antes de elaborar el chocolate deben sufrir una manipulación previa de la cual se obtiene pasta de cacao y manteca de cacao. Dependiendo posteriormente de la mezcla de este alimento de los dioses con ingredientes como el azúcar y la leche en polvo, podremos obtener distintos tipos de chocolate. El haba de cacao en crudo contribuye a la secreción en el cerebro de las llamadas endorfinas o moléculas del placer que aportan sensaciones de bienestar y de serotonina, neurotransmisor que regula entre otros el equilibrio psicológico.

Harina

La harina es el producto obtenido al moler el grano de trigo maduro. Hay numerosos tipos de harina que provienen de cereales como el maíz, el arroz, la cebada, la avena etc., pero la harina más usada en el mundo es la de trigo, ya que, una vez hidratada, con ella se obtienen las masas más idóneas para la panadería. Si hablamos de harina, nos referiremos por tanto a la de trigo; para el resto habrá que especificar el cereal correspondiente.

Hojas de gelatina

La hoja de gelatina es el gelificante más utilizado en pastelería. Se extrae del colágeno procedente de los tejidos de los animales, generalmente pieles o huesos de ganado porcino y bovino. En algunas culturas es sustituida por otros gelificantes como el agar-agar debido a su procedencia animal.

Huevo

El huevo es el más perfecto de los ingredientes que nos regala la naturaleza debido principalmente a su versatilidad. Prueba de ello es que está presente en muchísimas elaboraciones de pastelería y con un comportamiento diferente en cada receta, desde flanes, bizcochos, masas, cremas, helados, etc. Los huevos blancos y los huevos morenos únicamente se distinguen por el color de su cáscara, en función de la raza de la gallina que lo ha puesto, ya que su contenido nutricional es el mismo. Un huevo de tamaño medio suele pesar unos 50 g, 20 g de yema y 30 g de clara.

Jengibre

El jengibre es una especia que proviene de una planta, cuya parte más apreciada es la parte del tallo que queda enterrada. En pastelería aporta matices aromáticos cítricos que recuerdan a la citronella; además tiene notas picantes y frescas. Se puede utilizar en polvo o también se puede rallar. Su utilización debe hacerse con moderación ya que su aroma es intenso.

Leche

Según el Código Alimentario Español solo se puede denominar leche si es de vaca; la leche de los demás animales se designará indicando a continuación el nombre de la especie: leche de cabra, leche de oveja...

Levadura

Las levaduras son organismos vivos que se nutren principalmente de azúcares. La harina, rica en azúcares, es un medio nutritivo idóneo para ellas. Una masa se compone de harina y agua y, al estar en contacto con el aire, es el medio ideal para la multiplicación de las levaduras de forma rápida, transformando los azúcares en gas carbónico y alcohol: esta es la razón de por qué las masas aumentan de tamaño.

Maíz tostado

El maíz lo podemos consumir hervido, pero el más habitual en pastelería es el tostado, con esa peculiar textura crujiente, salada y ahumada como es la de los quicos. Además, la industria lo proporciona molido, muy empleado en México.

Mantequilla

La mantequilla es una emulsión de agua en la materia grasa reservada en el producto lácteo procedente del batido de la nata o de la leche de vaca. Es una grasa noble, no tiene competencia por su sabor, su textura y su comportamiento tecnológico. Es la más utilizada en pastelería.

Margarina

La margarina es una emulsión plástica del tipo agua en aceite, obtenida principalmente a partir de grasas y aceites comestibles que no procedan fundamentalmente de la leche; con un porcentaje mínimo de materia grasa del 80 % y un contenido máximo de agua del 16 %.

Menta

Utilizada principalmente en repostería, es una hierba aromática que contiene notas muy frescas y perfumadas pero también tiene presencia en platos salados. Entre las elaboraciones que llevan menta, incluida la especie hierbabuena, destaca el té moruno en el Magreb. La menta también tiene presencia en el tabulé libanés y en el mojito cubano. Es un aroma clásico en chicles, caramelos y licores.

Miel

La miel procede del reino vegetal, generalmente de las flores, aunque cabe destacar que en su obtención interviene un animal: la abeja. Las abejas absorben el néctar de las flores, y gracias a una enzima que está en su organismo transforman una parte del azúcar en azúcar invertido. La miel tiene un poder edulcorante muy alto y la capacidad de retener la humedad en productos de pastelería con tendencia a la desecación.

Nata

La nata es una emulsión de grasa en agua que se obtiene por centrifugación de la leche. Puede contener entre un 12 % y un 50 % de la materia grasa de la leche. Solo se puede llamar nata a la que contiene un mínimo de 30 % de materia grasa. La más utilizada en pastelería es la que contiene un porcentaje entre el 33 % y el 35 %.

Nueces

Existen muchos tipos de nueces, pero las que más utilizamos en pastelería son las nueces de California, de tamaño muy grande pero algo astringentes; las nueces comunes o europeas, que son intensas en sabor y tiene notas amargas; las nueces pecanas, pequeñitas y dulces, quizás las más refinadas; y las nueces de Macadamia, carnosas y con notas lácticas.

Nuez moscada

Fruto de la mirística (o arbol de la nuez moscada) con forma de nuez. Se emplea como el clavo para aromatizar ciertas elaboraciones.

Pectina

Las pectinas son carbohidratos presentes en todas las plantas y especialmente en algunas frutas como las cítricas, las manzanas y las uvas. Son gelificantes que se utilizan para elaborar mermeladas y confituras. Siempre se mezclarán con parte de azúcar y se añadirán a la receta en forma de lluvia para conseguir una buena incorporación del ingrediente.

La vainilla es una de las especias más apreciadas en pastelería por su delicioso y cautivador aroma.

Pimienta

Especia que cada día se utiliza más en determinados países debido al contraste del sabor dulce, picante y refrescante a la vez (el chocolate es un claro ejemplo). La más utilizada es la pimienta de Sechuán, cuyas bayas proceden de un arbusto asiático y se secan mediante una operación especial.

Piñón

El piñón es el fruto del pino piñonero y posee un alto contenido en nutrientes y muchas propiedades saludables. Como todos los frutos secos se pueden comer crudos o tostados. Su conservación es delicada, ya que se enrancian rápidamente. Tiene notas a resina y es ligeramente amargo.

Pipas de calabaza

Las pipas se encuentran en los girasoles y estos necesitan un clima cálido. Son una gran fuente de nutrientes con un alto contenido en vitamina E. Las pipas son originarias de América del Sur y llegaron a España en el año 1700. Es un producto muy popular y se utiliza en pastelería por el contraste que nos proporciona, al ser un producto salado.

Pistacho

El consumo del pistacho se remonta a más de 10.000 años de antigüedad. El pistacho de máxima calidad es el de Irán y es, además, el más valorado por su enorme tamaño y su color verde intenso. El pistacho tiene muchas propiedades y un alto contenido en nutrientes, como la vitamina A, el calcio y el magnesio.

Regaliz

La raíz en boca es muy dulce, posee un olor a tierra húmeda y un sabor muy persistente. Combina muy bien con lácteos, frutos rojos y chocolate.

Sal

¿Quién diría que un ingrediente tan básico como la sal es indispensable y mágico en pastelería? Una sola pizca tiene el poder de potenciar la deliciosa combinación de sabores de la receta en el producto final.

Té

El té es una infusión de las hojas y brotes de la planta del té. La popularidad de esta bebida es solamente sobrepasada por el agua. Su sabor es fresco, ligeramente amargo y astringente. El consumo de té tiene propiedades antioxidantes y antiinflamatorias. Existe muchas variedades de té en el mundo como por ejemplo el té verde, té amarillo, té semifermentado o fermentado, té negro, chong cha, té matcha o té turco.

Tomillo limón

El tomillo limón se utiliza como hierba aromática culinaria. Sus hojas de color verde oscuro ofrecen un fuerte aroma a limón, con más potencia justo antes de la floración. Es una hierba con notas florales, cítricas, herbáceas y balsámicas.

Vainilla

La vainilla es una de las especias más apreciadas en pastelería por su delicioso y cautivador aroma. Proviene de una orquídea, la cual una vez fecundada da frutos similares a las judías verdes. Estos frutos son cosechados y sometidos a un largo proceso de preparación, en el cual se vuelven de color marrón y desarrollan una suave y delicada fragancia. En pastelería se recomienda utilizar la vainilla natural y no la artificial, ya que la natural aporta al paladar una paleta de sabores deliciosos y únicos (achocolatado, floral, anisado, acaramelado, etc.). Puedes comprar la vainilla en distintos formatos; en vaina, en polvo, en extracto o mezclada con azúcar.

48 frutas utilizadas en pastelería

¡Frutas saludables y distintas cada temporada!

1-Alquequenje o Physalis
Su sabor es ácido y dulce. Se utiliza para decorar.

2-Arándano
Es acuoso y ácido. Hay dos tipos de arándanos: el estándar (azul) y el americano (rojo). Soporta muy bien la cocción.

3-Bergamota
Es parecida a la lima y de color amarillo. Solo se utiliza la piel. Es una fruta típica de Sicilia.

4-Caqui o palosanto
Es fibroso y viscoso y de sabor muy dulce cuando está maduro.

5-Carambola
Tiene forma de estrella y se utiliza para decorar. Sabe a judía verde y es muy acuosa.

6-Cereza
Es dulce, ácida y posee notas amargas. Para confitar se utiliza la guinda; la amarena tiene un punto de amargor.

7-Chirimoya
Su sabor es muy dulce.

8-Coco
Es una fruta tropical de sabor dulce y textura firme, fibrosa y vegetal.

9-Frambuesa
Es ácida, floral con un punto de dulzor, de textura granulada y color atractivo.

10-Fresa
Floral, dulce y con notas ácidas de textura granulada.

11-Fresita del bosque
Es muy delicada y aromática, dulce, ácida, con notas amargas por las semillas y florales.

12-Fruta de la pasión
Es muy ácida y floral. En Sudamérica la podemos encontrar más dulce.

13-Granada
Es una fruta dulce, amarga y acuosa.

14-Grosella
Hay tres tipos: amarilla, roja y negra (casis). Tiene notas muy ácidas. Se utiliza casi exclusivamente para decorar.

15-Guayaba
Es excesivamente floral.

16-Higo chumbo
Es un poco insípido, muy dulce y acuoso.

17-Kiwi gold
Tiene un color amarillento verdoso. Dulce, tropical y con notas ácidas.

18-Lichi
Acuoso con aroma muy floral y dulce. Recuerda a la uva.

19-Lima
Aroma floral con más matices que el limón. Su acidez es menos potente que el limón.

20-Lima Kaffir
Se utiliza tanto el fruto como la hoja. Carece de zumo, lo único que se utiliza es la piel. Nota ácida en aroma, muy floral.

21-Limón
Muy ácido, floral, refrescante, antiséptico. Tiene un aroma ácido muy marcado.

22-Mandarina
De sabor muy dulce, floral, se utiliza también la piel rallada. La estándar es la clementina.

23-Mandarina china (Kumquat)
Es ácida, amarga y dulce. Tiene notas balsámicas y se utiliza confitada o cruda.

24-Mango
Fruta estrella muy compleja con sabores que evocan al limón, al plátano o incluso a la menta.

25-Mangostán
Aroma muy floral. Es acuoso, dulce y de textura gelatinosa.

26-Manzana Fuji
Muy crujiente, dulce y acuosa. Su piel es de color verde rojizo.

27-Manzana Golden
Es dulce con notas ácidas. Tiene una textura un punto arenosa y se puede consumir tanto cruda como cocida.

28-Manzana Granny Smith
Es acuosa en boca, muy ácida y poco aromática. Muy crujiente, de bocado firme. Es aconsejable consumirla con la piel porque le da personalidad.

29-Manzana reineta
Tiene un color amarillento con motas marrones. Es muy aromática y arenosa en boca. Es ideal para cocciones porque contiene mucha pectina.

30-Membrillo
Es de textura muy dura y sabor muy astringente. Se puede comer confitado o hervido.

31-Mora
Dulce y de textura granulada.

32-Naranja
La naranja de zumo es ácida y dulce. La naranja de mesa suele ser más dulce.

33-Naranja amarga y sanguina
A nivel de aroma no se diferencian. Es más ácida la naranja sanguina que la amarga. Lo que realmente las diferencia es el color de la carne: la de la amarga es naranja y la de la sanguina es roja.

34-Níspero
Es duce, acuoso y con sabor poco pronunciado.

35-Papaya
El sabor de la semilla recuerda a la alcaparra. La pulpa tiene un sabor muy poco definido: pastoso, metálico, dulce.

36-Pera conferencia
Tiene forma alargada y su piel tiene manchas de color marrón. La textura es pastosa y el aroma es muy floral y muy dulce.

37-Pera limonera
Es amarilla y de sabor floral, y acuosa. Se consume en verano.

38-Pera Nashi
De apariencia se asemeja a una manzana. Es un bocado de agua, algo insípida.

39-Pera de Puigcerdà
Son muy gordas, tienen un signo de identidad: el rabo lleva un punto de cera. Su piel es de color verde amarronado. Es muy acuosa, de textura parecida a la conferencia, y tiene muy buen sabor.

40-Pera Roma
De forma redonda y piel amarillenta, recuerda al membrillo. Tiene un punto de amargor, con un sabor que recuerda a la miel. La carne es muy firme.

41-Pera Williams
Se utiliza para hacer licores. Es muy característica por su aroma. Suele ser un poco alargada.

42-Pitahaya
Sabor nulo, recuerda a la sandía. Es muy bonita y la semilla recuerda al kiwi.

43-Plátano baby
Es más dulce que el plátano de Canarias.

44-Plátano de Canarias
Es dulce, algo astringente y de textura carnosa.

45-Pomelo amarillo
Su piel es de color amarillo muy intenso. Es muy ácido y muy amargo.

46-Rambután
Aroma muy floral, acuoso y dulce. No se diferencia apenas del lichi.

47-Tamarindo
Tiene un sabor muy ácido, con un pequeño matiz a regaliz o a melaza.

48-Uva
Sabor muy dulce y floral.

Material y utensilios

En esta página encontrarás algunos de los utensilios que necesitarás para realizar tus recetas preferidas de este libro.

Cuchillo de sierra
Cuchillo
0.484 kg
Tare
Balanza
Manga pastelera
Cazo
Boquillas
Espátula
Batidor de varillas
Rodillo
Molde para madalenas
Molde
Molde de silicona

Historia de la pastelería

Un oficio muy completo

El pintor tiene el encanto de seducir a la vista, el músico de seducir el oído, el escultor de seducir el tacto, **el pastelero tiene el arte y la magia de despertar todos los sentidos**. La pastelería es el arte de la diversidad. Tiene la facultad de combinar la sutileza de los sabores, olores, texturas y colores.

La pastelería es un increíble descubrimiento del hombre, que, a través del tiempo, ha conseguido desarrollar una evolución increíble desde lo que era una manera de alimentarse muy básica a algo realmente extraordinario, un verdadero arte que nos evoca múltiples y agradables sensaciones. Cuando hablamos de arte, hablamos de exigencia. **El trabajo de cualquier elaboración en pastelería requiere precisión, rigor y excelencia en cada instante, es pura alquimia, es arte comestible, arte efímero.**

El pastelero tiene un poco de arquitecto, de escultor, de pintor y de diseñador.

El pastelero tiene un perfil de artista multidisciplinar: arquitecto para concebir y montar sus piezas con exactitud, escultor para tallar el hielo, pintor para maridar colores con buen gusto, diseñador para convertir el chocolate en obras de diseño.

Es un oficio muy completo donde no dejas nunca de aprender, ya que cada día aparecen nuevos productos y nuevas técnicas que uno debe estudiar y conocer. Este oficio tan goloso puede también cautivarte si tienes un perfil aventurero, ya que te permitirá viajar a cualquier parte del mundo, porque la pastelería se consume en los 5 continentes. **¿Te animas?**

¿Qué civilización creó el primer dulce?

No se sabe con exactitud pero fue hace varios milenios. Si en un primer tiempo el hombre se contentaba con apaciguar sus necesidades vitales en materia de alimentación, rápidamente toma la costumbre de ofrecer, durante las ceremonias rituales, lo mejor que se podía comer. Desde su nacimiento, la pastelería se asocia a las celebraciones, sea cual sea la civilización, egipcia, griega, romana o gala, y los ingredientes utilizados son los mismos, harina, aceite, semillas para perfumar y muchas veces miel.

El **pastel de miel de Ático de Atenas es sin duda el primero en adquirir una verdadera reputación entre los gourmets.** En el comienzo del primer milenio de nuestra era, la mantequilla comienza a ser utilizada en recetas de pastelería. En Roma en el siglo IV a. C. se crea la corporación de *pastillariorum*, ancestros de los actuales pasteleros, pero fue en la Edad Media cuando la profesión nació verdaderamente.

Percepción del olor y del sabor

¿Sabías que...?

- Existen aproximadamente **7000 papillas gustativas** (órgano que detecta los sabores), que nos permiten detectar los sabores de los alimentos. Algunas zonas de nuestra lengua están especializadas, otras son inertes, pero la lengua y las mucosas de la boca son también capaces de sentir el calor, la resistencia y la textura de los alimentos.

- Algunos órganos de nuestro cuerpo envían a nuestro cerebro informaciones esenciales que nos permiten analizar un alimento. **La vista nos permite dejarnos seducir por un alimento bien acabado y de aspecto fresco. Nuestros oídos (sobre todo el interno) durante el momento de masticar el alimento nos transmitirán los sonidos producidos. Nuestra nariz percibirá los aromas que desprenden los alimentos. El tacto, al igual que nuestras manos y el interior de nuestra boca, podrán apreciar la textura.**

- Como dice el conocido refrán «Para gustos los colores», cada uno de nosotros tenemos nuestra propia manera de apreciar los alimentos. Para determinar los alimentos que nos gustan o que no nos gustan tenemos el poder de comer; pero no solamente con la boca, comemos además con los ojos, el oído, la nariz y el tacto, participando en la búsqueda de lo que más nos gusta.

Los sabores fundamentales

La teoría clásica reconoce la existencia de solo cuatro sabores: **amargo, ácido, dulce, salado**. Al contrario de la creencia popular, cada uno de estos sabores no tiene asociado una zona específica de la lengua como sensor específico. Las papilas gustativas de toda la superficie de la lengua son sensibles y reconocen los cuatro sabores, si bien ciertos nervios tienden a responder mejor a uno u otro de estos estímulos alimentarios y pueden incluso reconocer otros sabores (el del hierro, el de la tierra). Los sensores de la lengua que detectan los sabores básicos del salado y el amargo se llaman canales iónicos.

LOS 7 SABORES FUNDAMENTALES

DULCE: Lo dulce nos ayuda a potenciar el sabor en nuestros postres, aunque el exceso satura. El azúcar nos da energía.

AMARGO: Es una nota universal de contraste contra lo graso y lo dulce. Puede ser agresivo pero no deja sabor residual.

SALADO: La sal potencia el sabor en nuestras elaboraciones y nos ayuda a rebajar la sensación de pesadez contra el exceso de azúcar y grasa.

AGRIO: Es la suma del ácido y el sabor y olor a fermento. Lo encontramos en los lácteos, masas fermentadas y alcoholes.

UMAMI: Es la sensación gustativa que produce el glutamato monosódico, un potenciador de sabor. Es un regusto a sabor de caldo de carne. Lo encontramos de forma natural en el tomate y algunas algas.

AGRIDULCE: Es la suma del ácido y el dulce como por ejemplo la reducción de vinagre de Módena.

PICANTE: La vía que transporta la sensación del picante hacia las áreas sensitivas del cerebro es la misma vía nerviosa del dolor.

01

Las reglas del juego

Las bases
Aunque en el mundo de la pastelería hay muchísimas, he seleccionado cinco que te servirán para completar algunas de las recetas de este libro: **bizcocho genovesa, bizcocho de chocolate, bizcocho plancha, masa de lionesa, pasta brisa o *sablé*.**

Las cremas
He seleccionado las que para mí son algunas de las más importantes en pastelería: **crema pastelera, chantillí de vainilla, trufa 24 horas, almíbar, crema de mantequilla, crema de chocolate, mermelada de frambuesa.**

Si quieres ser un buen pastelero, estas son las recetas que tienes que practicar primero. Con ellas podrás elaborar postres increíbles. ¡El límite es tu imaginación!

medio 15' 30' 8

Bizcocho genovesa

Básicos

Pasteles

Tradicional

Ingredientes

3 huevos
100 g de azúcar
100 g de harina
1 g de sal

Preparación

1 Saca los huevos de la nevera antes de utilizarlos. De esta forma, conseguirás una **emulsión** más rápida.

2 **Monta** en la batidora los huevos y, a mitad de **montado**, incorpora el azúcar y la sal.

3 Bate constantemente hasta que la mezcla haya triplicado su volumen.

Sigue...

4

5

4 Incorpora la harina en forma de lluvia y mézclala con delicadeza para no perder el aire obtenido.

5 Cuece la masa en el horno a 180 ºC durante unos 30 minutos aproximadamente.

Y para terminar... rellénalo a tu gusto con alguna de las cremas que te enseñamos más adelante y ¡decóralo con lo que más te guste!

TOMA NOTA

Si quieres sorprender
a tu familia, completa
tu pastel de cumpleaños.
En la página 78
te enseñamos cómo.

medio 15' 40' 8

Bizcocho de chocolate

Básicos

Chocolate

Pasteles

Tradicional

Ingredientes

75 g de mantequilla

70 g de **cobertura de chocolate** del 70 % de cacao

5 yemas de huevo

35 g de azúcar

5 claras de huevo

70 g de azúcar

2 g de sal

80 g de harina floja

3 g de levadura química

Preparación

1 Corta a trocitos la **cobertura** (el chocolate) y fúndelos en el microondas.

2 Mezcla la mantequilla **pomada** con la **cobertura** caliente.

3 **Monta** las yemas de huevo con el azúcar y añádelas a la primera mezcla.

Sigue...

EL TRUCO

Para derretir el chocolate en el microondas tienes que ponerlo en períodos de 20 segundos, sacar y removerlo. Repetir hasta que esté en el punto deseado.

1

3

4 **Monta** las claras a punto de nieve.

5 Incorpora la mitad de las claras **montadas** con el azúcar y la sal a la mezcla anterior.

6 Añade la harina **tamizada** y la levadura, y mezcla suavemente.

7 Incorpora la segunda parte de las claras, mezclando con delicadeza.

8 **Encamisa** el molde con mantequilla y harina.

9 Vierte la mezcla en el molde, llenando solo el 70 % de este.

10 Cuécelo en el horno a 170 ºC durante 40 minutos.

TOMA NOTA

Mezcla los ingredientes poco a poco. ¡Ten paciencia y verás como queda mejor!

medio 15' 6' 8

Bizcocho plancha

Básicos

Pasteles

Tradicional

Ingredientes

160 g de yemas de huevo
(una yema pesa 20 g aproximadamente)

90 g de azúcar

180 g de harina

2 g de sal

290 g de claras de huevo
(una clara pesa 30 g aproximadamente)

100 g de azúcar

Preparación

1 **Blanquea** las yemas de huevo con el primer azúcar de los ingredientes.

2 **Monta** las claras con la sal y añade el segundo azúcar (los 100 gramos) hacia el final del **montado**.

3 Añade la mitad de las claras **montadas** a la primera parte de la receta ya **blanqueada**, es decir la de yemas y azúcar.

Sigue...

CONSEJO

Respeta los tiempos y temperaturas para conseguir la elasticidad adecuada y que la masa no se rompa al enrollarla.

1

2

3

#SergiVelaKIDS

¡Comparte con nosotros tus habilidades pasteleras! Dile a un adulto que suba una foto de tu tarta a Twitter o Instagram.

4 Incorpora la harina en forma de lluvia y mézclala con delicadeza para no perder el aire obtenido.

5 Añade la segunda parte de claras **montadas**, mezclando suavemente para no perder el aire.

6 **Escudilla** en zigzag llenando toda la bandeja de horno, cubierta con papel de hornear.

7 Cuécelo a 230 ºC durante 6 minutos. aproximadamente.

TOMA NOTA

De la página 40 a la 52 encontrarás recetas para rellenar tu bizcocho.

difícil 15' 8' 6

Masa de lionesa

Básicos

Postre

Tradicional

Ingredientes

125 g de leche

1 g de sal

4 g de azúcar

60 g de mantequilla

70 g de harina

125 g de huevo
(un huevo mediano pesa 50 g aproximadamente)

Preparación

1 Hierve la leche en un cazo junto con la sal, el azúcar y la mantequilla.

2 Añade la harina y cuécelo durante 2 minutos, hasta que quede una masa más dura que un puré de patatas.

3 Deja enfriar y añade los huevos uno a uno.

Sigue...

4 Con una **manga pastelera** o una cucharilla haz pequeños círculos de masa sobre una bandeja de horno cubierta con papel de horno para que no se pegue.

5 Espolvoréalas con azúcar y cuécelas a 210 °C durante 8 minutos. Y ¡*voilà*, ya están listas las ricas lionesas!

Si quieres un sabor diferente, puedes aromatizar la leche con especias.

TOMA NOTA

Rellénalas con la crema que prefieras y ¡sorprende a todo el mundo!

fácil 15' 20' 1h 8

Pasta brisa (*sablé*)

Básicos

Pasteles

Tartaleta

Ingredientes

125 g de mantequilla
65 g de azúcar lustre
40 g de huevo
2 g de sal
250 g de **harina floja**

1

2

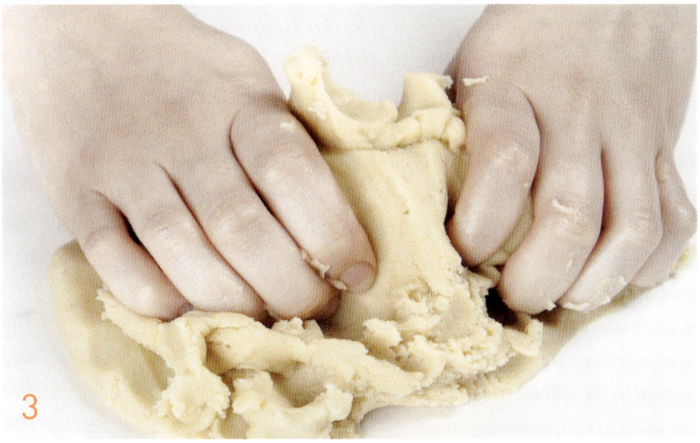

3

Preparación

1 **Poma** la mantequilla y añade el azúcar lustre **tamizado**.

2 Añade los huevos, la sal y la harina **tamizada**.

3 Realiza un amasado corto, solo para mezclar la harina con el resto de ingredientes.

4 Deja la masa en reposo 60 minutos en la nevera envuelta en film transparente.

Sigue...

CONSEJO

Dejar reposar la masa es muy importante. Si no está suficientemente fría, costará mucho estirarla y se romperá.

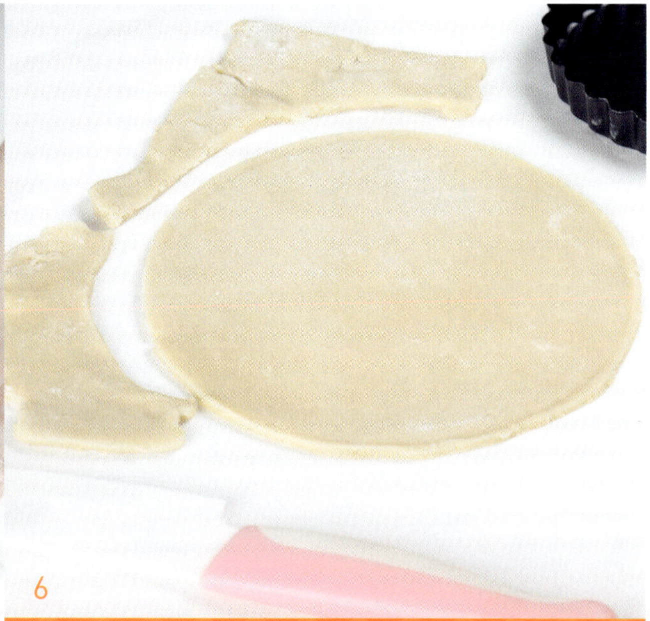

5 Estira la masa con la ayuda de un rodillo y un poco de harina para que no se pegue en la mesa.

6 Corta la masa en una forma circular de diámetro superior al molde.

7 Forra el molde de pasta brisa y pincha la masa con un tenedor.

8 Cuece a 180 °C durante 20 minutos aproximadamente.

Al pinchar la masa evitarás que se hagan montañitas durante la cocción.

TOMA NOTA

¡En las páginas 86 y 114 encontrarás recetas para rellenar tu pasta brisa!

medio 20'

Crema pastelera

Básicos

Cobertura

Rellenos

Ingredientes

500 g de leche entera

Media cáscara de limón

Media rama de canela

90 g de azúcar

90 g de yemas de huevo

40 g de almidón

Preparación

1. Haz una **infusión** con 400 g de leche, la canela y la piel de limón.
2. Mezcla las yemas de huevo con el azúcar y el almidón.
3. Escalda las yemas de huevo con el azúcar y el almidón con la **infusión** que has preparado.
4. Cuélalo y cuece la crema hasta llegar a ebullición (ya salen burbujas...), enfría rápidamente y coloca un papel film encima para que no entre aire. ¡Cuidado, no te quemes al tocar el cazo! Pide ayuda a un adulto.

Verás qué burbuja más simpática aparece...

1

2

3

4

4

fácil 10’

Chantillí de vainilla

Básicos

Cobertura

Rellenos

Ingredientes

1 kg de nata líquida

130 g de azúcar

1 vaina de vainilla de la variedad Bourbon

3

4

5 Cremosa

5 Consistente

Preparación

1 Para **montar** nata con éxito, es fundamental que la temperatura sea muy fría. En verano incluso es aconsejable dejar el brik de nata 30 minutos en el congelador antes de utilizarlo.

2 Corta la vainilla a lo largo (de arriba abajo) y con la ayuda de un cuchillo quita las semillas que hay dentro. Guarda la vaina de vainilla para realizar otra receta.

3 **Monta** la nata con las semillas de vainilla.

4 A mitad de **montado**, añade el azúcar y sigue batiendo hasta obtener la consistencia que quieras.

5 Puedes utilizar la nata con distintos tipos de espesor, según el postre para la que la vayas a utilizar.

fácil 15' 24 h

Trufa 24 horas

Básicos

Chocolate

Cobertura

Rellenos

Ingredientes

500 g de nata líquida

70 g de azúcar

130 g de **cobertura de chocolate** del 70 % de cacao

Preparación

1. Hierve la nata con el azúcar y viértela sobre el chocolate partido en trocitos.
2. Mezcla con el túrmix procurando que la **cobertura** quede bien deshecha e integrada en la receta.
3. Enfría esta primera mezcla 24 horas en la nevera.
4. **Monta** la mezcla como si fuera nata.

fácil 10’

Almíbar

Básicos

Cobertura

Rellenos

Ingredientes

500 g de agua mineral

200 g de azúcar

Preparación

1 Hierve el agua con el azúcar y en caso de encontrar impurezas, retíralas con la cuchara o con un colador.

2 Una vez tengas el **almíbar** frío, podrás personalizarlo con zumo de limón, café, té, canela, cacao en polvo...

EL TRUCO

Deja volar la imaginación, las posibilidades de personalizar tu **almíbar** son infinitas, ¡atrévete a experimentar!

fácil 15’

Crema de mantequilla

Básicos

Cobertura

Para untar

Rellenos

Ingredientes

100 g de agua mineral

250 g de azúcar

300 g de mantequilla

1

2

3

Preparación

1 Para conseguir un **almíbar**, hierve el agua con el azúcar y déjalo enfriar (más detalles en la página 46).

2 **Poma** la mantequilla en el microondas y **blanquéala** en la batidora.

3 Añade el **almíbar** templado en forma de hilo y mézclalo correctamente con la mantequilla. Verás como la mezcla se va volviendo más blanca porque incorporamos **almíbar** y aire.

CONSEJO

Elige bien la materia prima: es importante utilizar mantequilla, que es de origen animal. ¡El resultado no es el mismo si se usa margarina vegetal!

fácil 15' 24 h

Crema de chocolate

Básicos | Chocolate | Cobertura | Merienda | Para untar | Rellenos

Ingredientes

250 g de nata líquida

40 g de azúcar

1 g de sal

200 g de **cobertura de chocolate** negro del 55 % de cacao

200 g de **cobertura de chocolate** con leche

100 g de pasta de avellana

40 g de aceite de girasol

2

2

Preparación

1 Hierve la nata líquida con el azúcar y la sal.

2 Añade la mezcla sobre las **coberturas de chocolate** y **emulsiónalo**. Incorpora la pasta de avellana y el aceite de girasol y resérvalo (guarda para usarlo luego en otra receta) en frío.

medio 15'

Mermelada de frambuesa

Básicos
Cobertura
Desayuno
Fruta
Para untar
Rellenos

Ingredientes

500 g de frambuesas naturales
350 g de azúcar
6 g de pectina de manzana
5 g de zumo de limón

Preparación

1 Selecciona las frambuesas y lávalas en agua fría.

2 En un cazo, calienta las frambuesas y añade la mitad del azúcar.

3 Mezcla la pectina con el segundo azúcar e incorpóralo a la mezcla que tienes en el cazo.

4 Hierve el conjunto durante 3 minutos agitando enérgicamente con la ayuda de un batidor de varillas.

5 Cuando pasen los 3 minutos, apaga el fuego y añade el zumo de limón. Este se encargará de que la pectina actúe mejor y conseguirás un producto bien gelificado.

6 Vierte la mermelada en un recipiente y **fílmala a piel**.

7 Cuando la mermelada esté fría, guárdala en la nevera.

02

En esta sección encontrarás 5 productos donde el ingrediente principal es la harina. Productos que necesitan amasado, fermentación y cocción.

Con las manos en la masa

Pizza dulce, gofres belgas, brioche (pan quemado), lionesas de chocolate, trenzas de mazapán.

medio 30' 16' 2 h 6

Pizza dulce

Fruta

Para sorprender

Ingredientes

Base de pizza:

1 kg de **harina floja**

550 g de agua fría

20 g de sal

20 g de azúcar

20 g de levadura

25 g de aceite de oliva

Fresas pochadas:

300 g de fresas

30 g de azúcar

Crema pastelera:
Ver ingredientes y receta en la página 40.

Decoración:

Queso ricotta

5 hojas de menta fresca

Aceite de oliva

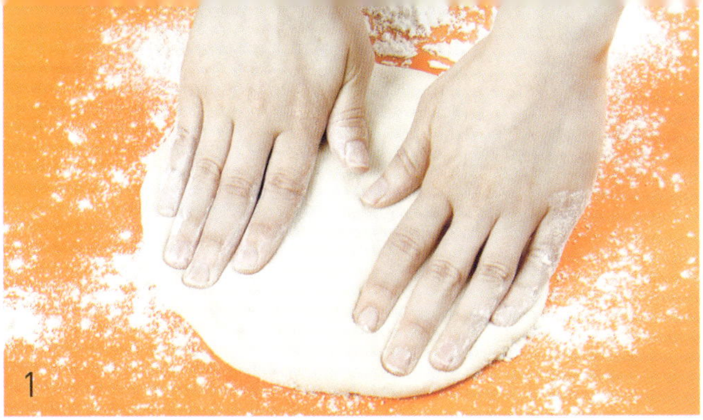

Preparación

1. Con la harina haz un volcán con las manos y en el centro mezcla el agua, la levadura y la sal. Añade el aceite de oliva y amasa el conjunto como si de un pan se tratara.

2. Deja reposar 30 minutos, fuera de la nevera, tapando la masa con un trapo húmedo para que no se seque.

3. Corta piezas de 250 g y deja reposar 90 minutos a temperatura ambiente.

4. Estira la masa con la ayuda de un rodillo y pínchala con un tenedor. Déjala reposar 10 minutos y aplica una crema pastelera (ver receta en la página 40).

5. Cuece a 230 ºC durante 6 minutos.

Y la decoración final...

6. Mezcla en un cazo las fresas limpias con el azúcar y cuece el conjunto durante 10 minutos a fuego lento, consiguiendo una fresa blanda pero que no se rompa. Déjalas en un recipiente con su propio jugo y guárdalas en la nevera.

7. Una vez tengas la masa de la pizza con la crema pastelera cocida y fría, llena una **manga pastelera** con queso ricotta y con la ayuda de una **boquilla** lisa ve dibujando formas irregulares.

8. Coloca las fresas pochadas, que habrás colado antes, y acompaña con botones de crema pastelera. Añade 5 hojas de menta fresca y unas gotas de aceite de oliva virgen y ¡la decoración quedará genial!

medio 40' 15' 1 h 20

Brioche (pan quemado)

Desayuno

Merienda

Tradicional

Ingredientes

500 g de harina para panadería
75 g de azúcar
75 g de huevo
9 g de sal
200 g de leche
45 g de levadura
Ralladura de 1 limón
Ralladura de 1 naranja
1/2 g de canela en polvo
100 g de mantequilla

Preparación

1 Haz una masa madre mezclando 250 g de harina, la leche y la levadura, y trabaja la masa durante 3 minutos.

2 Una vez tengas la masa madre amasada, **tápala a piel** con un trapo húmedo y déjala reposar a temperatura ambiente hasta que triplique su volumen.

3 Empieza el amasado del pan quemado mezclando la masa madre ya fermentada con el resto de harina de la receta, los huevos, la sal, el azúcar, la ralladura de cítricos y la canela y amasa durante 10 minutos.

4 Añade la mantequilla y sigue trabajando durante 10 minutos más.

5 Corta piezas de 50 g y forma bolas. Deja fermentar hasta que las piezas doblen su volumen.

6 Pinta las piezas con huevo y haz una montañita de azúcar encima de la pieza. Haz un agujero en el azúcar y justo antes de cocer, llena el agujero de azúcar con huevo batido.

7 Cuece a 210 ºC durante 15 minutos. El tiempo siempre es orientativo, dependerá del modelo de horno que tengas.

medio 30' 6' 30' 6

Gofres belgas

Fiestas

Merienda

Postre

Ingredientes

250 g de **harina floja**
100 g de huevo
90 g de leche entera
25 g de levadura
1 g de sal
90 g de mantequilla
150 g de **azúcar perlado (bolado)**

Preparación

1 Mezcla los huevos, la leche entera, la levadura, la sal y la harina.

2 Deja fermentar a temperatura ambiente tapando la masa con un trapo húmedo hasta que doble su volumen y desgasifique (aproximadamente 30 minutos).

3 Añade la mantequilla cortada a dados.

4 Añade el **azúcar perlado** o **azúcar bolado** al final del amasado y trabájalo poco para mantener su textura crujiente.

Sigue...

TOMA NOTA

El tiempo de fermentación disminuye cuando hace más calor. Es importante que esperes hasta que la masa haya doblado su volumen.

6

5 Engrasa la gofrera con mantequilla fundida y un pincel. Enciende la gofrera.

6 Cuando la gofrera esté caliente, y con la ayuda de una **manga**, dosifica la masa de gofre. Cierra la gofrera y cuece durante 6 minutos a temperatura moderada.

7 Acompaña el gofre con chantillí de vainilla o sorbete de mango.

Si quieres unos gofres de chocolate, bastará con añadir a la masa unas gotas de chocolate antes de cocer el gofre. El chocolate se fundirá y conseguiremos un efecto como de coulant: ¡espectacular!

medio 1 h 35' 30' 10

Lionesas de chocolate

Chocolate

Merienda

Ingredientes

En la página 32 encontrarás los ingredientes y la receta para preparar la masa de las lionesas.

Craqueline de cacao:

150 g de mantequilla

190 g de azúcar moreno

165 g de **harina floja**

20 g de cacao en polvo

Crema pastelera de chocolate:

500 g de nata líquida

500 g de leche entera

120 g de azúcar

40 g de almidón

200 g de **cobertura de chocolate** del 70 % de cacao

Preparación

Sigue los pasos de la página 33 para realizar la masa de las lionesas y dosifica piezas de 30 g.

2

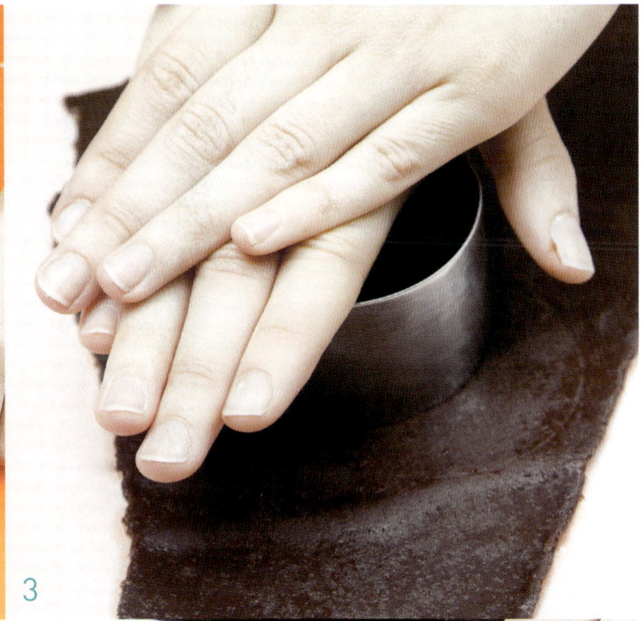
3

3

Cuando ya tengas las lionesas...

1 **Poma** la mantequilla y mézclala con el azúcar, la harina y el cacao en polvo.

2 Extiende laminas a 4 mm y congélalas durante 30 minutos.

3 Corta con un cortante y colócala encima de la lionesa.

4 Cuece las lionesas a 230 °C durante 2 minutos. A continuación baja el horno a 180° y hornea durante 22 minutos más.

Sigue...

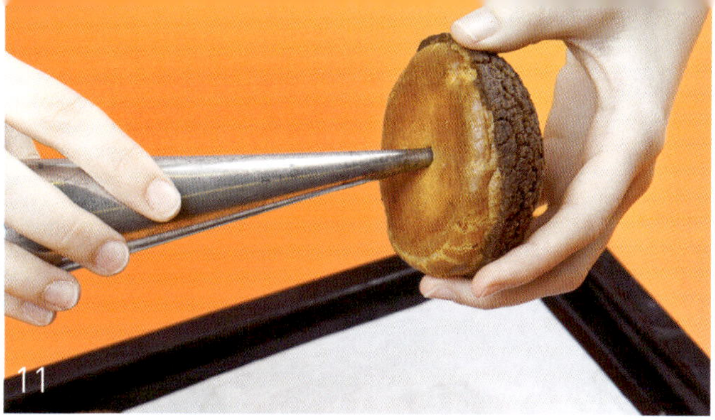

Preparamos el relleno... ¡mmmm!

5 Calienta los 500 g de leche con los 500 g de nata líquida.

6 Mezcla las yemas de huevo con el azúcar y el almidón y caliéntalas con la mezcla aún caliente que hemos preparado previamente.

7 Cuela y deja cocer la crema hasta que llegue a ebullición. Retira del fuego.

8 Vierte la **cobertura de chocolate** y con el calor residual de la crema pastelera se fundirá e integrará en la receta.

9 Enfría rápidamente la crema poniéndola en un recipiente ancho y **fílmala a piel**.

10 Una vez fría, cuela la crema y rellena una **manga** con ella.

Y el toque final...

11 Realiza un agujero en la base de la lionesa y rellénala con la crema de chocolate.

12 Funde el chocolate con leche. **Atempéralo** sobre un mármol o una superficie que no sea porosa y baña la base de la lionesa.

Utiliza chocolate especial para horno que encontrarás en las tiendas de repostería o en el supermercado. Lo llaman *drops* o gotas de chocolate, y lo hay de chocolate blanco, negro o con leche.

TOMA NOTA

Recuerda, primero debes hacer la receta de la página 32.

medio 25' 10' 2 h 10

Trenzas de mazapán

Desayuno

Merienda

Tradicional

Ingredientes

Mazapán:

180 g de harina de almendra

100 g de azúcar lustre

30 g de claras de huevo

Masa de trenza:

500 g de harina para panadería

75 g de azúcar

75 g de huevo

9 g de sal

200 g de leche

45 g de levadura

Ralladura de 1 limón

100 g de mantequilla

Preparación

Preparamos el relleno... ¡mmmm!

1 Mezcla todos los ingredientes en un bol y trabaja con las manos hasta que los ingredientes queden bien integrados.
Si quieres conseguir un aroma más potente, añade al mazapán 2 gotas de aceite esencial de almendra amarga.

Y... ¡a por las trenzas!

2 Realiza los pasos del 1 al 4 de la página 59 y da a la masa un reposo en la nevera de 30 minutos para que no se encoja.

3 Engrasa ligeramente la mesa de trabajo con aceite de girasol y corta piezas de 50 g. Haz bolas iguales.

4 Lamina cada bola con la ayuda de un rodillo. Coloca la barrita de mazapán y enróllalo consiguiendo el máximo número de vueltas posibles.

5 Corta longitudinalmente y haz una trenza con las dos mitades.

Sigue...

6 Deja fermentar durante 1 hora y píntalas con huevo antes de cocerlas.

7 Hornea a 210 ºC durante 10 minutos aproximadamente.

8 Deja enfriar la trenza y **abrillántala** con gelatina de manzana.

PARTY

03

Happy day!

Tu cumple, la Navidad, el fin de curso, la Pascua, una tarta para el Día de la Madre, que tantos esfuerzos hace por ti y tanto se lo merece... son momentos en la vida que hay que celebrar. Y no hay mejor manera de celebrarlo que disfrutando con uno de estos postres que harás con tus propias manos y tu talento.

Huevo de Pascua, pastel de cumpleaños, tronco de Navidad, tarta para mamá, brioche fin de curso.

Un postre puede ser un regalo: imagínate la cara de tu mejor amigo o amiga si le regalas un pastel de cumpleaños hecho por ti.

difícil 1h 1h

Huevo de Pascua

Chocolate

Para sorprender

Pascua

Tradicional

Ingredientes

Para el huevo interior:
Cobertura de chocolate con leche

Para el huevo grande:
Cobertura de chocolate negro

Para los ojos:
Cobertura de chocolate negro
Cobertura de chocolate blanco

Las cantidades dependerán del tamaño de los moldes que uses.

Preparación

Hay que preparar dos huevos con chocolate, uno de chocolate con leche y otro de chocolate negro que deberá ser algo más grande.

Medidas aparte, el proceso será el mismo para los dos casos:

1 Funde la **cobertura de chocolate** con leche en el microondas consiguiendo una temperatura de 45-50 ºC. Recuerda fundir en intervalos cortos, sacar y remover para que no se queme. Repite hasta que esté fundido.

2 **Atempera** el chocolate fundido: viértelo sobre una mesa de mármol o granito y pasea el chocolate extendiéndolo de las orillas hacia dentro repetidamente hasta que el chocolate con leche llegue a 29 ºC (en el caso de la **cobertura de chocolate** negro, la tempertura ha de ser de 31 ºC).

3 Recoge rápidamente el chocolate y mézclalo bien con la ayuda de una espátula para igualar temperaturas y así conseguir un producto estable.

4 Dale 10 segundos de microondas y vuelve a mezclar para igualar temperaturas. Es importante no pasarte de los segundos recomendados.

5 Cubre las paredes del molde del huevo de Pascua con la **cobertura de chocolate** con leche **atemperada**. Cubre bien las paredes y dale pequeños golpecitos para eliminar el posible aire. Mantén un minuto el molde lleno de chocolate para que las paredes del huevo cojan grosor.

6 Vacía el contenido del molde del huevo y déjalo encima de un folio durante 5 minutos.

Sigue...

5

5

10

11

11

11

7 Repite todo el proceso con otro molde exactamente igual para hacer la segunda mitad del huevo.

8 Una vez tengamos las 2 mitades del huevo, deja reposar 30 minutos en la nevera y después pégalas con la ayuda de un **cornete** de chocolate templado, intentando que quede un huevo bien encajado y limpio de huellas.

Y este último paso únicamente para el huevo grande...

9 Con un cuchillo marca la forma de un huevo roto y repasa repetidamente con el cuchillo por la parte marcada hasta que veas que se va cortando la forma que queremos. Para cortar bien, el huevo no deberá estar muy frío.

Ahora, a hacer los ojos. ¡¡¡Superfácil!!!

10 **Templa** chocolate blanco a 28 ºC y dosifica gotas encima de un folio. A continuación haz una gota más pequeña en negro para hacer las pupilas.

Y para terminar, lo montamos todo...

11 Pega el huevo de chocolate con leche dentro de la mitad inferior del huevo de chocolate negro. Pega los ojos de chocolate blanco y acaba este simpático huevo pegando la mitad superior de chocolate negro.

Si no quieres dejar demasiadas huellas en tu huevo de chocolate, utiliza guantes de algodón, como hacemos los profesionales.

CONSEJO

Puedes rellenar de caramelos el huevo pequeño para sorprender a tus familiares y amigos.

medio 1 h 100' 8

Pastel de cumpleaños

Chocolate

Fiestas

Fruta

Para sorprender

Pasteles

Ingredientes

Para el bizcocho

Ver ingredientes y receta en la página 24

Para la mermelada

Ver ingredientes y receta en la página 52

Para la trufa cocida

250 g de nata

50 g de azúcar

300 g de **cobertura** del 60 % de cacao

Para la salsa de chocolate

25 g de agua mineral

90 g de azúcar

130 g de chocolate del 70 %

Para el glaseado

160 g de nata liquida

200 g de chocolate del 70 %

40 g de mantequila

200 g de salsa de chocolate

Para las serpentinas

Chocolate negro

Preparación

1 Vamos a elaborar un pastel de chocolate utilizando el bizcocho de chocolate (encontrarás la receta en la página 24).

2 El relleno, que en este caso será de mermelada de albaricoque, lo puedes hacer igual que la mermelada de frambuesa de la página 52 substituyendo las frambuesas por albaricoques.

3 Una vez tengas el bizcocho desmoldado y frío, haz 2 cortes horizontales consiguiendo tres piezas iguales.

4 Extiende la mermelada de albaricoque por las dos capas intermedias del bizcocho.

3

4

5

7

5 Una vez tengas el bizcocho cortado y relleno, recorta los laterales ligeramente para quitar la parte más seca y para que nos quepa de nuevo en nuestro molde.

Y ¿cómo se hace la trufa cocida?

6 Hierve la nata con el azúcar y vierte sobre el chocolate troceado o en gota, **emulsiona** con la ayuda de un túrmix y guarda en la nevera 30 minutos.

7 Saca la trufa de la nevera y caliéntala ligeramente en el microondas. Pon 400 g de trufa cocida en el molde y extiéndela bien por la base y laterales. Utiliza el mismo molde de silicona tanto para hacer el bizcocho como para el relleno. De esta manera lo harás más rápido y quedará perfecto.

8 Introduce en el molde el bizcocho relleno de mermelada de albaricoque y presiona ligeramente girando a la vez para que el bizcocho pueda adaptarse perfectamente al molde. Mételo en el congelador durante 40 minutos.

La salsa de chocolate

9 Corta el chocolate a cuchillo y resérvalo en un bol.

10 Mezcla el agua mineral y el azúcar en un cazo y caliéntalo. Añade el chocolate en el cazo y lleva a ebullición.

Sigue...

11 Hierve durante 2 minutos sin dejar de remover, para evitar que se pegue la salsa en el cazo.

12 Cuela y reserva la salsa.

El glaseado de chocolate

13 Hierve la nata líquida y viértela sobre el chocolate en gota o cortado a cuchillo.

14 Cuando la temperatura haya bajado un poco, vierte la mantequilla y la salsa de chocolate y mezcla con una espátula intentando no introducir demasiado aire.

15 **Desmolda** el pastel del molde de silicona y cuando el glaseado esté a 35/40 ºC **glasea** la tarta de chocolate encima de una rejilla.

Las serpentinas de chocolate: un toque profesional. ¿Te atreves?

16 Sobre un trozo de acetato aplica **cobertura** negra **atemperada** y presiona con una espátula con perfil serrado (peine de pastelería). Obtendrás unas líneas de chocolate totalmente rectas. Dobla las tiras de chocolate en el acetato para conseguir formas con volumen.

17 Deja cristalizar en una zona seca un mínimo de 30 minutos antes de separar el chocolate del acetato.

8

Decora a tu gusto.
Solo queda encender
las velas...
¡y disfrutar!

medio 50' 1h 24h 30'

Tronco de Navidad

Chocolate

Navidad

Para sorprender

Pasteles

Tradicional

Ingredientes

Para el bizcocho plancha de cacao

160 g de yemas de huevo
90 g de azúcar
160 g de harina
20 g de cacao en polvo
2 g de sal
290 g de claras de huevo
100 g de azúcar

Para las setas de merengue

100 g de claras de huevo
200 g de azúcar

Para la trufa 24 h

Ver ingredientes y receta en la página 44

Preparación

La base de la receta, la «plancha de cacao»...

1 Para realizar un tronco de Navidad, necesitas un bizcocho plancha de cacao. Encontrarás la plancha normal en la página 28. Es el mismo procedimiento de trabajo pero tienes que sustituir un poco de harina por cacao en polvo.

... y ¡la trufa!

2 También necesitarás trufa 24 horas. Tienes la receta en la página 44.

Ahora... ¡manos al chocolate!

3 Una vez tengas la plancha de cacao cocida y fría y la trufa 24 horas montada, aplica trufa a la plancha con la precaución de que la trufa se esparza en la parte más irregular, y la parte más lisa de la plancha esté en contacto con el papel que te ayudará a enrollar el tronco.

4 Enrolla la trufa con el bizcocho plancha y reserva en el congelador, protegido con papel de acetato, una hora aproximadamente.

5 Desenrolla el papel y alisa la superficie del tronco con más trufa y con la ayuda de un trozo de acetato.

6 Con una espátula con perfil serrado (peine de pastelería) o con un tenedor, dibuja la superficie del tronco.

Sigue...

3

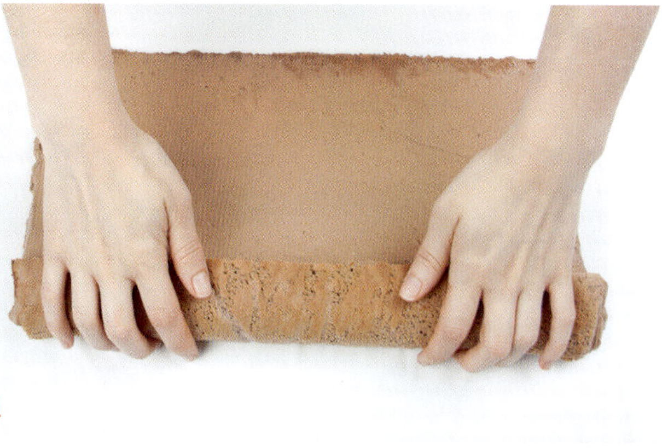

4

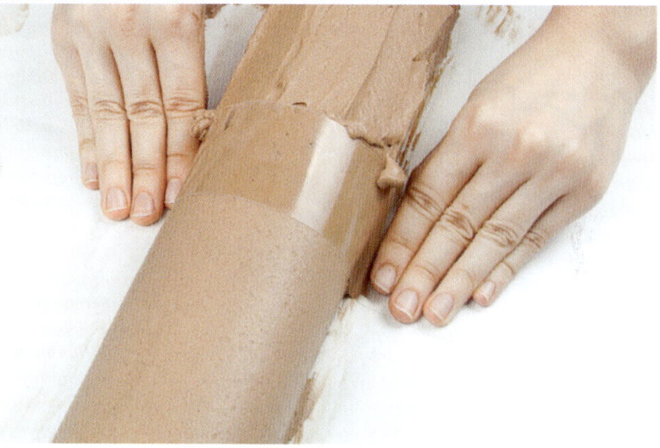

5

6

7

7

7 Corta los dos extremos del tronco con un corte en diagonal, consiguiendo 2 trozos de unos 5 cm de grosor. Estos 2 trozos obtenidos se pegan en la mitad del tronco, imitando las ramas de un tronco de verdad.

El toque final: las setas de merengue

8 Calienta las claras y el azúcar a 60° y **móntalas**.

9 Una vez **montado**, dosifica tronquitos blancos imitando los pies de las setas y merengues rojos (se hacen añadiendo colorante al merengue antes de meterlos en el horno) imitando los sombreros de las setas. Seca en el horno a 100 ºC durante 50 minutos.

Una vez tengas el tronco pegado a las ramas, **monta** las setas y colócalas de forma atractiva imitando a la naturaleza. Añade placas finas de chocolate imitando la madera.

medio 50' 40' 30' 8

Tarta para mamá

Básicos

Fruta

Para sorprender

Pasteles

Ingredientes

Para la pasta brisa (o *sablé*)

Ver receta e ingredientes en página 36

Para la crema de almendras

125 g de almendra en polvo

125 g de azúcar lustre

125 g de mantequilla

125 g de huevo

1,5 g de sal

65 g de harina

Para la crema de limón

100 g de zumo de limón

200 g de huevo

200 g de azúcar

80 g de mantequilla

Para la decoración

Pistacho en polvo

Fresas

Bombón en forma de corazón

2

Preparación

Empezamos con la crema de almendras

1 **Poma** la mantequilla y añade la almendra en polvo, el azúcar lustre, los huevos, la sal y finalmente la harina.

2 Forra un molde con la pasta brisa (o *sablé*) como explicamos en la página 36 y aplica con la **manga** y **boquilla** lisa una capa de crema de almendras. Cuece el conjunto a 170 ºC durante 40 minutos.

Crema de limón

3 En un bol de plástico mezcla el zumo de limón, el huevo, el azúcar y agita con la ayuda de un batidor de varillas hasta que veas que todos los elementos están integrados.

4 Cuece en el microondas removiendo cada 2 minutos hasta que quede bien cocida y espesa.

5 Deja enfriar y cuando la crema esté a unos 40 ºC añade la mantequilla **pomada emulsionando** con un túrmix como si hicieras mayonesa.

Sigue...

6

7

6 Aplica la crema de limón a la masa *sablé* cocida con la crema de almendras y deja enfriar en nevera 30 minutos para que coja cuerpo.

7 Para acabar la tarta, espolvorea pistacho en polvo en los extremos de la tarta.

8 Rellena la tarta con fresas. Las puedes cortar por la mitad, poner enteras sin el tallo o cortadas a dados, ¡tú eliges!.

9 Aplica brillo de manzana para conseguir un aspecto brillante y atractivo y acaba con un corazón de chocolate.

8

Demuéstrale a mamá que la quieres preparando una deliciosa y bonita tarta de fresas.

fácil 30’ 25’ 1h 8

Brioche fin de curso

Fiestas

Pasteles

Tradicional

Ingredientes

- 500 g de harina para panadería
- 75 g de azúcar
- 75 g de huevo
- 9 g de sal
- 200 g de leche
- 45 g de levadura
- Ralladura de 1 limón
- Ralladura de 2 naranjas
- 1 g de canela
- 100 g de mantequilla
- Piñones

Para la crema pastelera

Ver receta e ingredientes en la página 40

Para la decoración (confetis de chocolate)

- Chocolate blanco
- Chocolate con leche
- Colorantes de diferentes colores

Preparación

1 Elabora una masa madre mezclando 500 g de harina, la leche y la levadura, trabajando la masa durante 3 minutos.

2 Una vez tengas la masa madre amasada, **tápala a piel** con un trapo húmedo y déjala reposar a temperatura ambiente hasta que triplique su volumen.

3 Empieza el amasado del brioche mezclando la masa madre ya fermentada con el resto de harina de la receta, los huevos, la sal, el azúcar, la ralladura de cítricos y la canela en polvo. Amasa durante 10 minutos.

4 Añade la mantequilla y sigue trabajándola durante 10 minutos más.

5 Corta 3 piezas de 300 g y déjalas reposar en la nevera 30 minutos.

6 Estira las piezas, ligeramente untadas en aceite de girasol, sobre una mesa con la ayuda de un rodillo.

7 Pinta las piezas con huevo y aplica un enrejado de crema pastelera. Espolvorea azúcar encima del enrejado de crema pastelera. Esparce por encima piñones que habrás hidratado en abundante agua fría durante 2 horas.

8 Cuece a 200 °C durante 20 minutos. El tiempo siempre es orientativo, dependerá del modelo de horno que tengas.

9 Una vez cocido el brioche, puedes decorarlo con confeti de chocolate de colores que elaboraremos **templando** diferentes chocolates teñidos con colorante, extendiéndolos sobre un folio y cortando diminutos círculos con la ayuda de una **boquilla** lisa.

7

7

9

04

Tú eres el chef

En esta sección he querido enseñarte 5 elaboraciones pensadas para consumir después de una comida. Son los grandes clásicos de la restauración que un pequeño chef como tú debe dominar. El flan de huevo, las natillas de chocolate o el clásico *cheesecake*, son postres atemporales, conocidos por todo el mundo, grandes referentes con los que seguro que triunfarás. También he incluido un crep relleno de caramelo y naranja.

Flan de huevo, natillas de chocolate con chantillí de vainilla, *cheesecake*, arroz de coco con albaricoque en *brunoise*, crepes de caramelo y naranja.

Atrévete con algo más exótico: arroz de coco con albaricoques en *brunoise*, ¡seguro que sorprenderás a todo el mundo!

fácil 20' 2 h 12 h 12

Flan de huevo

Postre

Tradicional

Ingredientes

1000 g de leche entera

150 g de azúcar

8 huevos

1 rama de canela

Ralladura de 1 limón

Caramelo para la base del flan

200 g de azúcar caramelizado

50 g de agua mineral

Para obtener todo el potencial aromático de la canela es aconsejable trocearla bien.

Antes de utilizar la piel del limón, debes lavarlo con agua fría y secarlo bien.

Preparación

Primero elaboramos la base del flan

1 Realiza una **infusión** con la leche, la canela y la ralladura de limón.

2 Aparte, bate los huevos con el azúcar.

3 Escalda la mezcla de huevos y azúcar con la **infusión** que has preparado previamente.

Y preparamos el caramelo para la base

4 Carameliza el azúcar en el fuego: pon el azúcar en el fuego y ve mezclándolo lentamente, y cuando tenga un color oscuro, añade el agua mineral muy caliente. Hierve la mezcla.

5 Pon un poco de caramelo en la base del molde de flan procurando que quede bien esparcido por toda la base.

Para terminar...

6 Cuando veas que el caramelo se ha enfriado un poco, añade el flan aún líquido en los moldes, llenándolos al máximo.

7 Cuece al **baño María** a 100 °C durante 2 horas.

EL TRUCO

Deja enfriar el flan 12 h en la nevera: de esta forma el caramelo se despegará del molde sin romperse.

fácil 40' 20' 30' 4

Natillas de chocolate con chantillí de vainilla

Chocolate

Postre

Ingredientes

500 g de leche entera

60 g de azúcar

15 g de cacao en polvo

80 g de yemas de huevo

15 g de almidón

50 g de **cobertura de chocolate** del 70 %

Preparación

1 Mezcla las yemas de huevo con el almidón. Mezcla bien para evitar tener grumos y añade 100 g de leche fría.

2 Aparte, calienta los 400 g de leche restantes con el cacao en polvo y el azúcar hasta que hierva.

3 Añade la parte caliente de la receta en la mezcla de yemas de huevo y almidón mezclando con un batidor. Cuela y cuece todo junto hasta que espese. Tienes que remover con energía con un batidor hasta que espese.

2

3

4

7

4 Una vez que la crema haya espesado apártala del fuego y añade el chocolate en gotas o cortado en trozos pequeños. No hace falta fundirlo, porque el calor residual de la crema deshará el chocolate.

5 Ponlo en una bandeja rápidamente y **fílmalo a piel**.

6 Una vez que las natillas de chocolate estén frías (30 minutos aproximadamente), pásalas por un colador para que la textura sea fina y sedosa.

7 Pon en un vaso unos 60 g de natillas y acompáñalas de chantillí de vainilla poco montada. Encontrarás la receta de la chantillí de vainilla en la página 42.

Decora el postre con virutas de chocolate y cacao en polvo.

medio 45' 2h 1h 8

Cheesecake

Fruta

Postre

Tradicional

Ingredientes

Pasta brisa con crema de almendras:

Ver ingredientes y receta en la página 86

Mermelada de frambuesa:

Ver ingredientes y receta en la página 52

***Cheesecake*:**

850 g de queso cremoso

225 g de azúcar

225 g de huevo

Ralladura de 1 limón

100 g de harina para pastelería

2

3

4

5

Preparación

Mise en place

1 Precuece un disco de pasta brisa con crema de almendras durante 14 minutos a 160 ºC. Encontrarás la receta del *sablé* de almendras en la página 86.

2 Cuando tengas el disco cocido y frío, añádele mermelada de frambuesa. Si quieres preparar tú mismo la mermelada, tienes la receta en la página 52.

3 **Encamisa** el molde con mantequilla y harina e introduce el disco de *sablé* de almendras precocido con la mermelada de frambuesas.

4 Monta los huevos con el azúcar.

5 Mezcla la harina con el queso y añade la mezcla de huevo y azúcar mezclando con delicadeza.

Sigue...

6

7

7

8

6 Añade la ralladura de limón.

7 Cubre el *sablé* de almendras con la crema de queso. Ya está listo para meter en el horno durante 110 minutos a 100 ºC.

8 Una vez cocido el *cheesecake*, si quieres que quede doradito, sube la temperatura del horno a 220 ºC y gratínalo ligeramente hasta que tenga un color atractivo.

9 Deja enfriar el *cheesecake* cuando lo saques del horno. Córtalo en porciones y emplátalo. Puedes acompañarlo con mermelada de frambuesa y nata montada.

Es aconsejable dejar enfriar el *cheesecake* dentro del molde para mantener la forma deseada. Si lo **desmoldamos** en caliente, el pastel perderá altura.

TOMA NOTA

Esta receta es para elaborar un *cheesecake* de tamaño grande. Si tienes un molde pequeño, utiliza la mitad de los ingredientes.

medio 30' 30' 6

Arroz de coco con albaricoques en *brunoise*

Fruta

Postre

Verano

Ingredientes

1000 g de agua para cubrir el arroz
20 g de coco seco rallado
250 g de arroz
1000 g de leche de coco
100 g de azúcar
1 albaricoque

Para la decoración

Hojas de menta fresca

1

3

8

Preparación

1 Hierve el agua, añade el coco seco rallado y el arroz. Cuece el conjunto durante 10 minutos.

2 Separa 200 g de leche de coco y ponla a enfriar en la nevera.

3 Añade al agua 800 g de leche de coco a intervalos y mezcla continuamente.

4 Deja cocer el arroz de leche de coco durante 20 minutos.

5 Cuando hayan pasado los 20 minutos, añade el azúcar, y una vez que se ha disuelto, detén la cocción añadiendo los 200 g de leche de coco que habías dejado en la nevera.

6 Enfría rápidamente y déjalo en la nevera hasta el momento del emplatado.

¡Preparamos el brunoise de albaricoque!

7 Corta un albaricoque en *brunoise* (cortar en *brunoise* es cortar en daditos pequeños del mismo tamaño) y reserva en nevera con unas gotas de limón.

Y el toque final...

8 Sirve 70 g de arroz por cada ración. Ponlo en el plato de manera que quede con volumen y añádele el albaricoque cortado.

9 Decora el postre con hojas de menta fresca.

fácil 10' 15' 2 h 6

Crepes de caramelo y naranja

Básicos

Fruta | Postre

Ingredientes

100 g de huevos
30 g de mantequilla
Ralladura de 1 naranja
115 g de **harina floja**
2,5 g de sal
325 g de leche entera

Caramelo toffee

150 g de caramelo en seco
110 g de nata

Relleno de caramelo

200 g de caramelo toffee
300 g de nata montada sin azúcar

Preparación

El crep es una masa neutra, no es dulce ni salada, por lo que podrás realizar crepes salados como por ejemplo rellenos de jamón y queso, de ensaladilla, de humus o de lo que más te apetezca... ¡Deja volar la imaginación!

Realizamos unos deliciosos crepes...

1 Bate los huevos con un batidor de varillas y mézclalos en un bol con la harina **tamizada** previamente. Añade la sal y la ralladura de naranja.

2 Incorpora la leche y finalmente la mantequilla fundida. Deja reposar durante 2 horas a temperatura ambiente

3 Unta ligeramente con mantequilla una sartén para crepes, y cuando esté caliente, con la ayuda de un cucharón, añade una cantidad de masa. Tenemos que conseguir unos crepes finos. Es necesario darle la vuelta al crep para que se dore bien por las dos caras.

Caramelo toffee

4 Carameliza el azúcar en seco (calentándolo en un cazo), procurando deshacer todo el azúcar.

5 Hierve la nata y añádela poco a poco al caramelo. Cuanto más caliente esté la nata más fácil será conseguir que se integre bien. Cuela y reserva en frío.

Presentación del postre

6 Una vez tengas el crep cocido y templado, dosifica un poco del relleno y acompáñalo de gajos de naranja cortados y caramelo toffee. Dobla el crep para que te quede un triángulo.

05

La merendola

En esta sección he creado productos para merendar fáciles de hacer y que se pueden envolver cómodamente.

Suelen ser productos que van acompañados de rellenos como chocolate, crema pastelera, manzana, almendra o mermelada.

Madalenas, enrollados de mermelada, tartaletas de manzana, sándwich de crema untable, pan de chocolate.

fácil 10' 14' 24 h 12

Madalenas

Básicos

Desayuno

Merienda

Para llevar

1

3

Ingredientes

200 g de huevo
165 g de azúcar
165 g de aceite de oliva
100 g de leche
265 g de **harina floja**
17 g de levadura química
1 g de sal
Palitos de almendra cruda

Podemos realizar un surtido con la misma masa

Naranja: Añade a la masa 120 g de naranja confitada a dados.

Chocolate: Añade a la masa 200 g de chocolate en gotas.

Limón: Añade a la masa 120 g de limón confitado.

Zanahoria: Añade a la masa 120 g de zanahoria rallada cruda.

Coco: Sustituir el 25 % de harina por coco seco rallado.

Preparación

1 Monta los huevos con el azúcar, añade el aceite de oliva, la leche y finalmente la harina, que antes habrás pasado por el **tamiz** con la levadura química.

2 Deja reposar durante 24 horas en la nevera.

3 Reparte en los moldes con la ayuda de una **manga**. Llena solo hasta el 70 % del molde. Justo antes de hornear, añade palitos de almendra cruda y azúcar.

4 Pon a cocer a 210 °C durante 14 minutos.

CONSEJO

Es importante dejar reposar la masa 24 h en la nevera para conseguir una mejor cocción y más sabor.

fácil 45' 20' 1h 8

Enrollados de mermelada

Fruta

Merienda

Pasteles

Postre

Ingredientes

Para el bizcocho plancha
Ver receta e ingredientes en página 28

Para la mermelada de albaricoque
525 g de puré de albaricoque
160 g de azúcar
15 g de pectina de manzana
10 g de zumo limón

Para la crema de mantequilla
Ver receta e ingredientes en página 48

Para la decoración
Almendra laminada

6

7

8

Preparación

1 La base de esta receta es el bizcocho plancha. Para prepararla puedes ver la receta en la página 28.

2 Para hacer la mermelada calienta el puré y añade el azúcar mezclado con la pectina. Lleva a ebullición y deja hervir durante 30 segundos

4 Añade el zumo de limón al retirar del fuego y una vez la mermelada esté fría, mezcla con el túrmix.

5 Prepara la crema de mantequilla según la receta de la página 48.

Presentación del enrollado

6 Cuando el bizcocho plancha esté cocido y frío, extiende mermelada sobre la superficie.

7 Enrolla y unta con crema de mantequilla el exterior.

8 Reboza con almendra laminada y resérvalo en el congelador durante 1 hora.

9 Corta rebanadas de 2 cm y decóralas con azúcar glas.

medio 50’ 45’ 1h 6

Tartaletas de manzana

Fruta · Merienda · Para llevar · Pasteles · Tradicional

Ingredientes

Para la pasta brisa (o *sablé*)

Ver ingredientes y receta en la página 36

Para la crema pastelera

Ver ingredientes y receta en la página 40

4 manzanas
Gelatina (para dar brillo)

Preparación

1. Prepara el *sablé* y la crema pastelera según las recetas de las páginas 36 y 40.

2. Pela las manzanas y córtalas por la mitad quitándoles el corazón. Tienen que cortarse en láminas finas.

3. Con la ayuda de una **manga pastelera** y una **boquilla** lisa, reparte la crema pastelera en las tartaletas. Añade la manzana consiguiendo una forma bonita. Reserva tres discos de manzana, que utilizaremos para poner en el centro de la tartaleta.

4. Ponlas en el horno a 170 °C durante 45 minutos. Una vez frías **abrillántalas** con gelatina.

TOMA NOTA

Antes de rellenarla deja reposar la masa para que se hidrate bien y consiga buena elasticidad.

medio 40' 40' 24 h 8

Sándwich de crema untable

Chocolate

Merienda

Para llevar

1

3

Ingredientes

Para el bizcocho genovesa

Ver ingredientes y receta en la página 20

Para la crema de chocolate

Ver ingredientes y receta en la página 50

Para la cocción

Mantequilla

Preparación

1 Prepara el bizcocho genovesa según la receta de la página 20 pero, esta vez, usando un molde de «pan de molde».

2 Prepara la crema de chocolate untable (receta en página 50) y reserva en frío. Si tienes tiempo haz la crema untable un día antes para que haya cristalizado correctamente.

3 Con un cuchillo de sierra corta rebanadas de bizcocho genovesa y úntalas con la crema de chocolate.

4 Calienta la sandwichera o la plancha y unta ligeramente las rebanadas con mantequilla, introduce los sándwiches y cierra la sandwichera cociéndolos hasta que estén doraditos.

TAMBIÉN...

Lo puedes rellenar con queso cremoso, mermelada, jamón y queso o lo que se te ocurra.

medio 40' 15' 90' 8

Pan de chocolate

Chocolate
Desayuno
Merienda
Para llevar
Pasteles

Ingredientes

- 500 g de harina para panadería
- 200 g de agua mineral
- 2,5 g de vinagre
- 100 g de leche
- 10 g de azúcar
- 15 g de mantequilla
- 10 g de sal
- 15 g de levadura
- 140 g de gotas de chocolate

Preparación

1 Haz un volcán con la harina, y en el centro del volcán mezcla el agua, la leche, el vinagre, el azúcar, la levadura y la sal.

2 Añade la harina, y cuando lleves amasando 10 minutos, añade la mantequilla. Sigue amasando durante 20 minutos más.

3 Añade las pepitas de chocolate y deja reposar en un bol, tapando la masa con un trapo húmedo. Guardala en la nevera durante 1 hora.

4 Corta piezas de 60 g y forma bolas. Deja fermentar hasta que las piezas doblen su volumen.

5 Pinta con huevo mezclado con agua y hornea a 210 ºC durante 15 minutos. El tiempo siempre es orientativo, dependerá del modelo de horno que tengas.

TOMA NOTA

Si quieres que tu pan con chocolate sea irresistible, mejor utiliza chocolate especial para horno. Lo llaman *drops* o gotas de chocolate y lo hay de chocolate blanco, con leche o negro.

3

4

5

Los más frescos

06

Para combatir el intenso calor del verano, te traigo 5 recetas mágicas muy refrescantes y saludables, ya que la mayoría de estas elaboraciones contienen fruta. Un sorbete de limón casero o un batido de chocolate fresquito son ideales para el verano. Tienes que probar las gelatinas de frutas o las bolitas de fruta. ¿Y qué me dices de un helado de mango y piña?

Batido de chocolate, bolas locas de fruta, sorbete de limón, polos de mango y piña, gelatinas de frutas.

Pastelería de verano para combatir con alegria el calor. Monta tu propia heladería en casa e invéntate los nombres para tus creaciones heladeras.

fácil | 15' | 1h | 6

Batido de chocolate

Chocolate

Fiestas

Merienda

Verano

Ingredientes

1000 g de leche

250 g de **cobertura de chocolate** del 70 % de cacao

80 g de azúcar

TOMA NOTA

La diferencia entre **cobertura** y chocolate es el porcentaje de manteca de cacao. El chocolate tiene menos de un 31% de manteca de cacao y la **cobertura** más de un 31%.

1

1

1

Preparación

1 Hierve la leche con el azúcar y viértela sobre la **cobertura de chocolate**. Mezcla con la ayuda de un batidor de varillas o con el túrmix.

2 Echa el conjunto de nuevo en el cazo y cuece a 84 ºC para pasteurizar tu batido. De esta manera será un producto seguro a nivel bacteriológico.

3 Enfría rápidamente y degusta cuando esté bien frío.

4 Antes de consumir el batido es importante agitarlo bien o removerlo con unas varillas, ya que parte de los sólidos de cacao se habrán quedado en el fondo.

fácil 15' 28 h

Bolas locas de fruta

Fruta

Merienda

Postre

Verano

Ingredientes

Bolas de sandía
Bolas de melón
Bolas de melón cantaloup
Bolas de manzana
Bolas de melocotón
100 g de agua mineral
400 g de azúcar

1

2

3

1

Preparación

1. Hierve el agua mineral con el azúcar y una vez frío añade las bolas de frutas que obtendremos con el sacabolas.

2. Reserva durante 24 horas en un bote bien cerrado para que la fruta absorba todo el **almíbar**.

3. Al día siguiente, cuela el **almíbar** y congela las bolas de fruta durante 4 horas.

4. Cómelas congeladas como si de un polo de frutas se tratara. ¡Más natural imposible!

EL TRUCO

Si no dispones de un sacabolas, también puedes cortar la fruta a dados. ¡Sé creativo!

fácil 15' 24 h 8

Sorbete de limón

Fruta

Merienda

Verano

Ingredientes

500 g de cubitos de hielo
500 g de zumo de limón
100 g de agua mineral
200 g de azúcar

Preparación

1 Exprime 500 g de zumo de limón y déjalo en el congelador durante 24 horas.

2 Haz un almíbar hirviendo el azúcar con el agua mineral y déjalo enfriar una hora.

3 En la Thermomix® mezcla el almíbar frío, el zumo de limón congelado y por último los cubitos de hielo. Tritura en la Thermomix® y bébelo al momento.

Si no tienes Thermomix® puedes utilizar una picadora de hielo o una batidora que tenga el accesorio para hacerlo. También en algunos supermercados se venden bolsas con hielo picado.

TOMA NOTA

Con esta misma técnica podemos realizar muchos sorbetes, como los de piña, lima, mandarina o naranja. Bastará con ajustar la cantidad de **almíbar** que ponemos. Si la fruta es más dulce solo pondremos 100 g de azúcar en vez de 200 g.

3

3

fácil 30’ 1 h 10

Polos de mango y piña

Fiestas Fruta Merienda Verano

4

5

Ingredientes

- 350 g de agua mineral
- 200 g de azúcar
- 2 hojas de gelatina
- 350 g de puré de mango
- 95 g de piña

Para obtener un producto de calidad es importante controlar el punto de maduración de las frutas utilizadas: deberán estar maduras pero tersas a la vez.

Preparación

1. Hidrata las hojas de gelatina en abundante agua fría.
2. Haz un **almíbar** hirviendo el agua y el azúcar, y añade las hojas de gelatina hidratadas.
3. Licúa por separado 2 mangos y media piña y comprueba si pesan lo que se pide en la receta.
4. Mezcla en la Thermomix® la mezcla de **almíbar** frío con gelatina y las pulpas de mango y piña.
5. Cuela y llena los moldes de polos. Introduce el palo para que una vez congelado lo podamos sujetar.

TOMA NOTA

Para conservar todos los valores organolépticos (gusto, aroma, textura...) de las frutas, es necesario que al mezclar con el **almíbar** este no esté caliente.

fácil 30' 6

Gelatinas de frutas

Fruta

Merienda

Postre

Verano

Ingredientes

Gelatina de mandarina

170 g de puré de mandarina

45 g de azúcar

2 g de agar-agar

2 g de hojas de gelatina

Gelatina de coco

170 g de leche de coco

45 g de azúcar

2 g de agar-agar

2 g de hojas de gelatina

Gelatina de fresas

160 g de jugo de fresas

10 g de zumo de limón

45 g de azúcar

2 g de agar-agar

2 g de hojas de gelatina

TOMA NOTA

Puedes utilizar como molde cubiteras de formas distintas. ¡Échale imaginación!

Preparación

Gelatina de mandarina

1 Calienta el puré de mandarina con el azúcar.

2 Cuando esté a punto de hervir añade el agar-agar removiendo enérgicamente. Hierve el conjunto 1 minuto.

3 Añade las hojas de gelatina previamente hidratadas.

4 Dosifica en moldes y deja enfriar. Corta en dados.

Gelatina de fresas

5 Licúa las fresas y mezcla con el zumo de limón y repite los pasos 2 al 4 con esta preparación.

Gelatina de coco

6 Calienta la leche de coco con el azúcar y repite los pasos 2 al 4 con esta preparación.

El agar-agar se hidrata por ebullición, eso quiere decir que para que gelifique correctamente deberá hervir por lo menos 30 segundos.

La incorporación de gelatina en hojas es necesaria para que las gelatinas de frutas no suelten el agua. Esa reacción en pastelería se llama sinéresis.

1

2

4

ADVENTURE
TEAM

07

Kit de supervivencia

Para sobrevivir una semana en el bosque y que el hambre no te atrape, deberás preparar antes de salir de casa una serie de dulces que aguanten a la intemperie sin secarse, que te aporten mucha energía para que puedas andar y explorar el territorio, y que se puedan envolver fácilmente para llevarlos en la bici sin que se estropeen.

Esponjas de lima, dulce de leche, longaniza, cerillas de mazapán de limón, trufas de menta, barritas energéticas.

Si quieres sorprender a tus compis, lleva a las excursiones barritas energéticas, cerillas comestibles, longanizas de frambuesa con nubes o esponjas de lima.

medio 15' 3 h

Esponjas de lima

Fiestas

Fruta

Para llevar

Para sorprender

Ingredientes

125 g de azúcar

40 g de agua mineral

40 g de **azúcar invertido** (paso 1)

50 g de zumo de lima

Ralladura de 1 lima

55 g de **azúcar invertido** (paso 2)

10 g de hojas de gelatina

c/s de colorante amarillo (ver nota de la pág. 136)

Almidón

Azúcar lustre

1

2

Preparación

1 Cuece 40 g de **azúcar invertido** con el agua mineral y el zumo de lima a 110 °C.

2 Mezcla con el segundo **azúcar invertido** la gelatina y monta hasta que triplique su volumen. Al final del **montado** añade la ralladura de lima y el colorante amarillo.

Sigue...

3

3

3 Extiende sobre silpat (lámina de silicona antiadherente muy utilizada en repostería) previamente pulverizado con espray desmoldante (para desmoldar).

4 A las 3 horas, corta dados y reboza en una mezcla de almidón y azúcar lustre al 50 %.

c/s quiere decir cantidad suficiente. Es un término que se emplea cuando la cantidad del ingrediente a utilizar es muy pequeña y difícil de pesar. Cada uno de nosotros dosificará la cantidad que considere.

En el caso de los colorantes, es difícil aconsejar en gramos ya que cada marca tiene una intensidad de color diferente, así que es mejor que cada uno dosifique la cantidad de colorante según su gusto.

TOMA NOTA

También podemos hacer nudos de esponja disponiendo la masa montada en líneas con una **manga** y una **boquilla** lisa. ¡Prueba con las formas que se te ocurran!

fácil 20' 2,5 h 6

Dulce de leche

Fiestas

Fruta

Para sorprender

Ingredientes

1 lata de 250 g de leche condensada

Fruta en almíbar

Fajitas (ver nota de página siguiente)

2

3

4

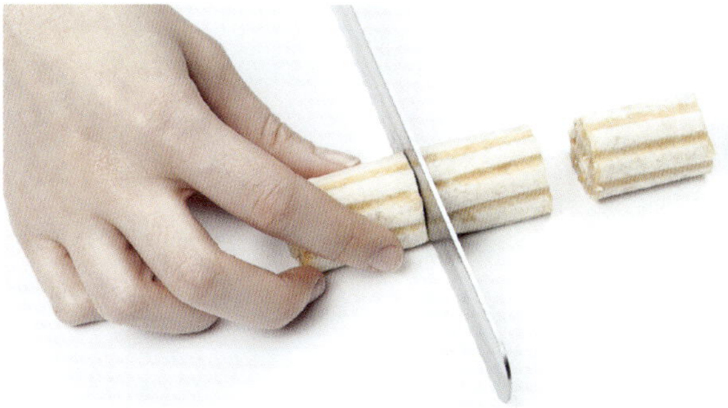

5

Preparación

1 Llena un cazo con agua y lleva a ebullición.

2 Introduce la lata de leche condensada y deja que hierva a fuego lento durante 2 horas y 30 minutos.

3 Deja enfriar y aplica a una fajita untando una cantidad prudente, ya que es muy dulce.

4 Antes de enrollar la fajita, puedes añadir fruta en almíbar, como por ejemplo pera.

5 Corta a trozos y monta una brocheta intercalando con la pera o la fruta escogida.

fácil 10' 40'

Longaniza

Fruta

Merienda

Para llevar

Para sorprender

Ingredientes

100 g de **cobertura de chocolate** blanco

25 g de **cobertura de chocolate** con leche

50 g de mantequilla

12 g de **liofilizado** de frambuesa

20 g de nubes

2

2

3

Preparación

1. Calienta la **cobertura** blanca y la de leche juntas en el microondas.

2. Incorpora la mantequilla **pomada** a la mezcla de chocolates y añade el **liofilizado** de frambuesa.

3. Añade las nubes cortadas a dados pequeños, para imitar a la grasa del embutido.

Sigue...

4

4

4 **Atempera** el conjunto sobre mármol como explicamos en la página 75 (pasos 2 al 4) y dispón el producto encima de un trozo de papel film. Enrolla el papel con el preparado dentro y ejerce presión por los extremos del film como si estuviéramos envolviendo un caramelo.

5 Guarda en nevera durante 40 minutos. Desenvuélvelo y espolvoréalo con azúcar glas.

Esta longaniza es un trampantojo, un concepto bastante común en arte, que podríamos asemejar a la «ilusión óptica» y cuyo objetivo es engañar al observador.

En gastronomía, llamamos trampantojo a aquellas recetas con las que un pastelero intenta «engañarnos» (en el buen sentido, se entiende) ofreciéndonos un plato que parece una cosa y que en realidad es otra.

medio 20' 15' 80' 8

Cerillas de mazapán de limón

Merienda | Para llevar | Para sorprender

Ingredientes

Galleta

150 g de mantequilla
60 g de azúcar lustre
2 g de sal
1 vaina de vainilla
240 g de harina para pastelería

Mazapán de limón

130 g de harina de almendra
100 g de azúcar lustre
30 g de agua mineral
Ralladura de 1 limón

Preparación

Preparamos las galletas...

1 **Poma** la mantequilla cortada a dados en el microondas.

2 Añade el azúcar lustre, la sal y la vainilla.

3 Incorpora la harina trabajando poco el conjunto para que no se encoja la masa. Deja reposar en nevera 1 hora.

4 Estira con la ayuda de un rodillo una lámina fina. Reserva de nuevo en la nevera 20 minutos.

5 Corta rectángulos de 10 x 1 cm y colócalos en una bandeja de horno separados entre sí.

6 Hornea a 160 ºC durante 15 minutos, consiguiendo unos bastones con poco color.

Sigue...

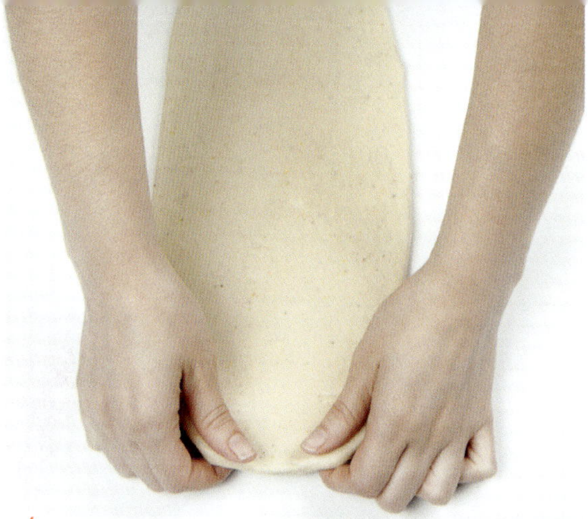

4

5

5

Preparamos el mazapán...

7 Mezcla todos los ingredientes en un bol y trabaja con las manos, hasta que los ingredientes queden bien integrados.

Y ¡listos para montar las cerillas!

8 Una vez que tengamos los rectángulos de 10 x 1 cm cocidos, coloca una bolita de mazapán de limón de unos 5 g cada una.

9 Tiñe un poco de chocolate blanco con colorante rosa y atempera el chocolate como explicamos en la página 75 (pasos 2 al 4). Baña las bolitas de mazapán imitando una cerilla.

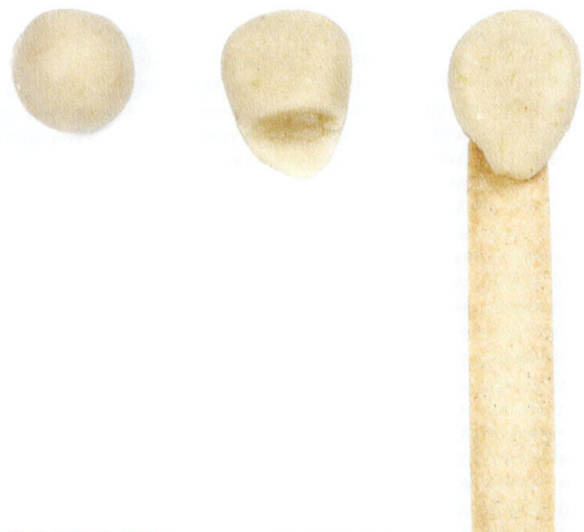

8

9

EL TRUCO

Al bañar las bolas de mazapán con el chocolate cubre un poco de galleta para asegurar que nuestras cerillas no se desmonten.

medio 20' 1h 2h

Trufas de menta

Merienda

Para llevar

Para sorprender

Postre

Ingredientes

380 g de nata

25 g de menta fresca

500 g de **cobertura de chocolate** del 60 % de cacao

c/s de azúcar glas

c/s de té matcha (ver página 150)

Preparación

1 **Infusiona** la nata con la menta fresca durante 1 hora.

2 Calienta de nuevo la nata aromatizada y vierte sobre la **cobertura** en gota o cortada a cuchillo.

3 **Emulsiona** con la ayuda de un túrmix y dispón, con la ayuda de una **manga** y una **boquilla** lisa, cilindros alargados encima de un papel. Deja endurecer durante 2 horas.

Sigue...

1

2

3

3

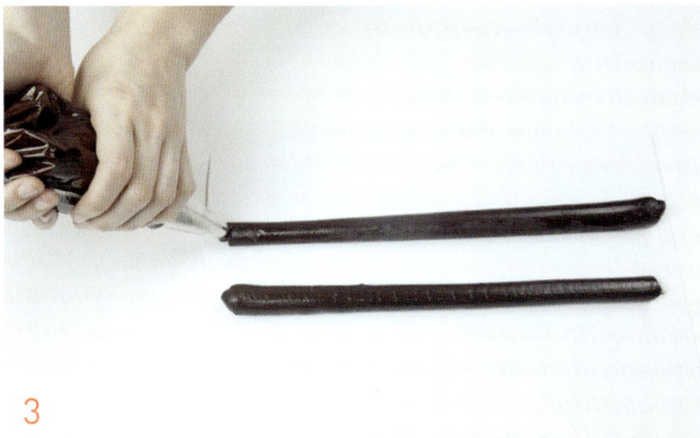
3

4

5

4 Corta pequeñas barritas y báñalas ligeramente en **cobertura** negra fundida.

5 Reboza en una mezcla de té matcha y azúcar glas. ¡Ponte guantes si no quieres pringarte de chocolate!

El té matcha es un té soluble (que se disuelve en agua) muy consumido en Japón.

Lo utilizaremos por su sabor a clorofila y su color verde, para simular la menta de nuestras trufas.

Si no te gusta la menta, puedes **infusionar** la nata con canela, naranja, limón, anís estrellado, jengibre, tomillo, albahaca, romero...

fácil 15’ 45’ 10

Barritas energéticas

Desayuno

Para llevar

Ingredientes

250 g de azúcar moreno
250 g de mantequilla
20 g de jarabe de glucosa
40 g de miel de acacia
2 g de sal
350 g de avena
75 g de nueces de pecán
20 g de pasas de Corinto

1

2

Preparación

1 Mezcla en un cazo, con la ayuda de una espátula rígida, el azúcar moreno, la mantequilla, el jarabe de glucosa, la miel de acacia y la sal, y hierve durante 1 minuto.

2 Añade la avena, las nueces de pecán, las pasas, y mezcla bien todos los ingredientes.

Sigue...

2

3

5

3 Vierte el contenido de la receta en un molde de silicona y cuece a 150 °C durante 40 minutos.

4 Una vez cocido deja enfriar y corta barritas con la ayuda de un cuchillo bien afilado.

5 Baña la base de la barrita energética con **cobertura** negra templada y mantén en lugar frío y seco.

Si no dispones de moldes de silicona, puedes utilizar moldes de aluminio, pero deberás cubrirlo con papel sulfurizado (papel de horno), y untar el molde con mantequilla.

DEBES SABER...

La avena es rica en proteínas, grasas y un gran número de vitaminas y minerales como el calcio, el fósforo y el hierro, entre otros. También contiene hidratos de carbono de fácil absorción y una buena cantidad de fibra, que contribuye al buen funcionamiento intestinal.

08

En el súper

Esta es una sección superpráctica ya que aprovechamos muchos productos de calidad que nos ofrece el mercado, para conseguir de forma rápida postres sorprendentes.

Tabletas de chocolate, vasitos de yogur de vainilla, canutos de pasta filo y manzana, macetas comestibles con sorpresa, milhojas de crema.

Crearemos una maceta comestible con el envase de un queso fresco, conseguiremos tabletas de autor combinando piruletas y chocolate, y otros postres originales.

fácil 15’ 2 h

Tabletas de chocolate

Chocolate
Fiestas
Para llevar
Merienda
Para sorprender

1

2

Ingredientes

Chocolate con piruleta

300 g de **cobertura de chocolate** blanco

c/s de vanilla

40 g de piruletas de fresas

Chocolate con cacahuetes

300 g de **cobertura de chocolate** con leche

60 g de cacahuetes con miel y sal

Decoración

Caramelos blandos de fresa

Almendras garrapiñadas

Preparación

1 Funde la **cobertura** en el microondas y añade el caramelo de piruleta o los cacahuetes previamente triturados con la ayuda de un rodillo.

2 **Atempera** la mezcla (si no recuerdas el proceso del atemperado ve a la página 75 pasos 2 al 4) y pon la masa en moldes con forma de tableta.

3 Deja endurecer la tableta de chocolate durante 2 horas en un lugar seco y frío, y **desmolda** la tableta.

4 Decora las tabletas de chocolate blanco con caramelos blandos de fresa o almendras garrapiñadas en el caso del chocolate con leche.

TOMA NOTA

Invéntate combinaciones con tus ingredientes preferidos para crear tu chocolate de autor. ¡Demuestra tu espíritu pastelero!

media 1h 35’ 1h 6

Vasitos de yogur de vainilla

Fruta · Postre · Verano

Ingredientes

Mousse de yogur

50 g de almíbar
1 vaina de vainilla
2 hojas de gelatina
215 g de yogur griego
180 g de nata semimontada

Crema de plátano y caramelo

3 plátanos maduros
105 g de leche entera
165 g de azúcar

Brunoise de manzana Granny Smith

1 manzana
15 g de jugo de limón

Bastones de hojaldre

Masa de hojaldre de mantequilla
c/s de azúcar

EL TRUCO

Los vasitos de cristal de los yogures son muy atractivos para montar postres. En este caso la transparencia del cristal nos permite ver los diferentes sabores utilizados. ¡Sé creativo!

Preparación

¡Delicioso yogur!

1 Realiza un **almíbar** al 50 % con la vainilla abierta y cortada de manera horizontal. Incorpora las hojas de gelatina, previamente hidratadas en abundante agua fría. Cuela la mezcla.

2 Incorpora el yogur griego y la nata semimontada.

3 Dosifica la mousse de yogur llenando el 50 % del vasito de cristal.

Para la crema de plátano...

4 Pela los plátanos y mézclalos con la leche caliente. Aplica túrmix y cuela. Mantén caliente.

5 Realiza un caramelo en seco con el azúcar, y cuando tenga buen color, añade la mezcla de leche y plátano. Hierve el conjunto.

6 Cuela y enfría en la nevera.

Sigue...

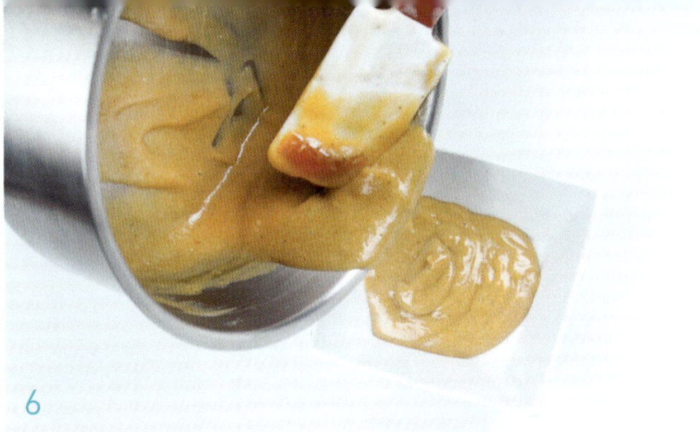

7 Una vez frío, llena una **manga** y dosifica en el vasito llenando el 80 % de contenido.

¡Ya falta poquito! Prepara el brunoise de manzana Granny Smith...

8 Exprime el zumo de limón y cuela.

9 Corta la manzana en *brunoise*, es decir, en dados iguales y resérvarlos en el jugo de limón.

Y el hojaldre...

10 Estira un trozo de hojaldre con azúcar en la mesa. El hojaldre no interesa que sea fino.

11 Una vez estirado el hojaldre, deja reposar 30 minutos antes de cortar los bastones. Si lo hacemos antes se encongerá.

12 Corta los bastones de hojaldre y sepáralos entre ellos y da 30 minutos de reposo antes de cocer.

13 Cuece el hojaldre caramelizado durante 35 minutos entre papeles de horno y a poder ser con un peso encima.

Acabado del vasito. ¡Lo conseguiste!

14 Unos minutos antes de degustar el vasito, añade el bastón de hojaldre de mantequilla y el *brunoise* de manzana Granny Smith.

fácil 10' 10' 8

Canutos de pasta filo y manzana

Fruta

Postre

Ingredientes

Pasta filo (ver nota página siguiente)
Mantequilla
Azúcar lustre
2 manzanas reineta
20 g de azúcar moreno

EL TRUCO

La manzana reineta es ideal para mermeladas porque contiene menos agua y más pectina.

Preparación

1 Para hacer un canuto de pasta filo, corta un trozo de pasta filo de 15 x 10 cm y pinta con mantequilla fundida con un pincel.

2 Aplica azúcar lustre y enrolla en un tubo de madera o de aluminio previamente forrado con papel de horno.

3 Una vez enrollado el canuto de pasta filo vuelve a pintar con mantequilla y más azúcar lustre y cuece a 190 ºC durante 9 minutos.

4 Una vez frío, **desmolda** y deja enfriar.

Preparamos el relleno...

5 Corta la manzana en *brunoise* (en dados iguales) y mezcla con el azúcar.

6 Cuece en el microondas durante 4 minutos a máxima potencia.

¡Y listos para montar el postre!

7 Rellena los canutos con la manzana con ayuda de una **manga** sin **boquilla**.

La pasta filo es una masa usada en la gastronomía del Medio Oriente, del Magreb y Turquía. Se usa a menudo en capas superpuestas que recuerdan a un hojaldre. Sirve para elaborar muchos postres, como el *baklava*, así como comidas saladas como los *briks* y los *böreks*.

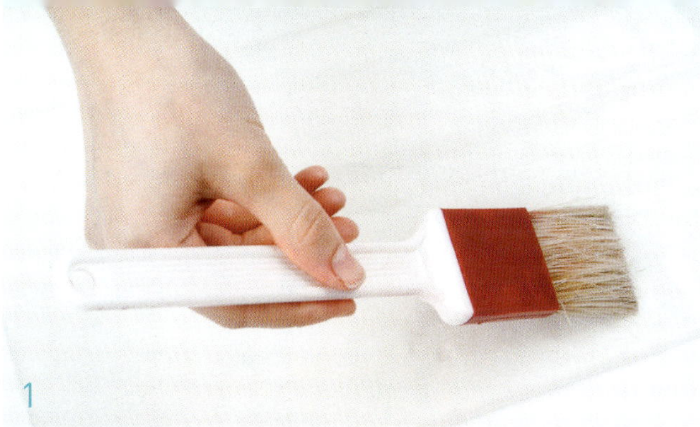
1

2

3

7

alto | 60’ | 15’ | 10’ | 8

Macetas comestibles con sorpresa

Fiestas

Para sorprender

Ingredientes

200 g de nata
Recipientes vacíos de queso fresco
1/2 rama de canela
40 g de yemas de huevo
50 g de azúcar
8 g hojas de gelatina
375 g de nata semimontada
Galletas de cacao

Para las flores
c/s de **cobertura de chocolate** blanco
c/s de colorante

1

5

6

7

Preparación

Si no tienes galletas de cacao puedes utilizar otras y mezclarlas con cacao en polvo.

1 Lava y seca el recipiente de queso. Vierte **cobertura** de leche atemperada en los recipientes de queso limpios para conseguir una capa no muy gruesa.

2 Hierve la nata y vierte la canela en rama. **Infusiona** durante 5 minutos.

3 Cuela y vierte la nata aromatizada sobre la mezcla de yemas y azúcar, cociendo el conjunto a 84 ºC.

4 Añade la gelatina, previamente hidratada y escurrida.

5 Cuela y deja enfriar hasta 30 ºC. Añade un poco de nata semimontada para equilibrar texturas. Finalmente incorpora el resto de la nata y mezcla con delicadeza.

6 Dosifica en la maceta de chocolate de leche llenando el 90 % del contenido.

7 Aplica galleta de cacao troceada imitando la arena de una maceta y reserva en la nevera.

Sigue...

7

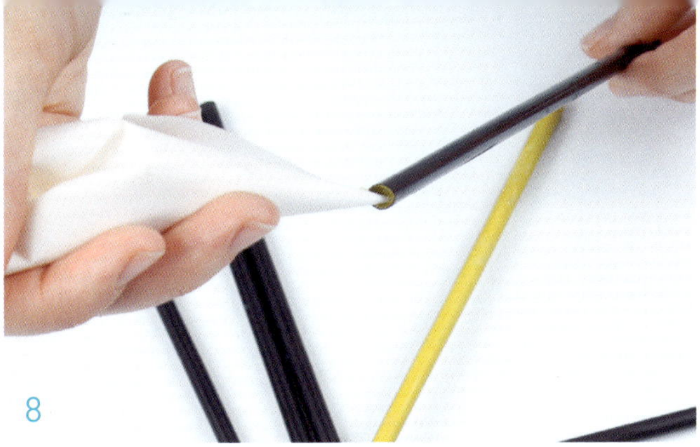
8

12

Montamos unas preciosas flores...

8 **Atempera** el chocolate blanco teñido de colorante liposoluble verde y llena pajitas de plástico. Cuando se cristalice abre con cuidado las pajitas.

9 Extiende el chocolate **atemperado** en un folio de papel y con un cortante corta hojas.

10 Extiende ahora el chocolate blanco **atemperado** en un folio de papel y con un cortante de flor corta formas.

11 Para realizar el interior naranja, con la ayuda de un **cornete** de chocolate blanco **atemperado** haz gotas encima de un papel o un molde de silicona y, antes de que cristalice, aplica **azúcar bolado** ligeramente teñido con colorante naranja. Una vez endurecida la parte naranja pega con un **cornete** a la flor.

12 Monta la flor con un **cornete** de chocolate verde: pega las hojas y la flor y deja cristalizar durante 10 minutos.

Acabado de la maceta

13 Para acabar esta deliciosa maceta con sorpresa, clava el tallo en la maceta de mousse de canela.

TOMA NOTA

Para conseguir todo el aroma de la rama de canela, es aconsejable trocearla bien en la **infusión**.

fácil 40' 30' 35' 8

Milhojas de crema

Postre

Tradicional

Ingredientes

Masa de hojaldre (cómprala en el súper)

Crema pastelera

Ver ingredientes y receta en la página 40

1

2

4

Preparación

Empezamos el postre con la masa...

1 Extiende la masa de hojaldre en una mesa ligeramente enharinada y corta rectángulos de 10 x 2 cm y deja reposar 30 minutos en la nevera.

2 Coloca las piezas cortadas en la lata, o bandeja, de horno ligeramente separadas entre ellas. Espolvorea azúcar lustre por encima y coloca un papel de horno. Pon un peso encima del papel de horno, puedes utilizar la rejilla que normalmente hay en los hornos.

3 Cuece 15 minutos a 170 °C y dale la vuelta a las piezas. Espolvoréalas con azúcar lustre y deja cocer 15 minutos más.

4 Cuando termine la cocción, quita el papel, y si les falta color hornea durante 3 minutos más.

Sigue...

5

5

6

Y ahora el relleno, ¡maestro!

5 Una vez tengas cocido y frío el hojaldre monta 3 piezas aplicando 2 rellenos de crema pastelera.

6 Para acabar este delicioso postre, corta una tira de cartón de 1 x 10 cm y colócalo en diagonal encima del milhojas, aplica azúcar lustre y conseguirás un bonito dibujo.

7 Presenta en un plato acompañándolo de fruta fresca.

EL TRUCO

Cocemos el hojaldre con un peso encima para que no crezca demasiado. Pincha el hojaldre y controlarás así su volumen.

09

Choc & Roll

Solo hay un producto en el planeta más rico que el chocolate: ¡los bombones! En Francia los pasteleros no tienen por qué entender de chocolate, ya que es otro oficio, ni los chocolateros de pastelería, pero aquí para ser un buen *Pastry Chef* deberás conocer bien los dos sectores: el de la pastelería y el de la chocolatería.

Bombón de Peta Zetas® y maíz tostado, bretonas de chocolate, carteles de felicidades, *cookies*.

alto 30' 12 h

Bombón de Peta Zetas® y maíz tostado

Chocolate · Fiestas · Merienda · Para sorprender · Postre

Ingredientes

300 g de praliné de almendras
10 g de Peta Zetas®
50 g de maíz tostado
40 g de manteca de cacao
Cobertura de chocolate negro
Cobertura de chocolate blanco

1

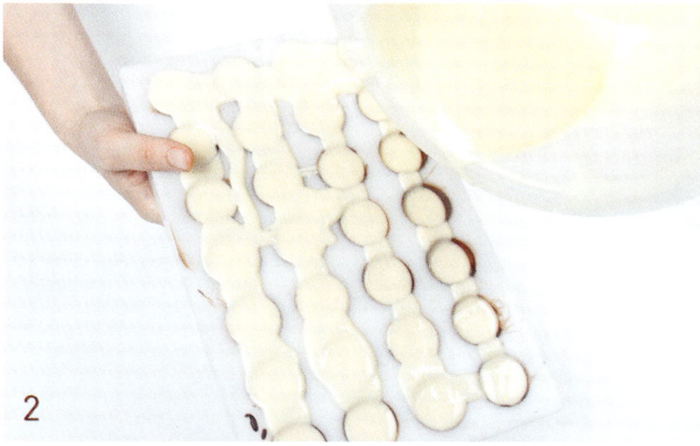

2

4

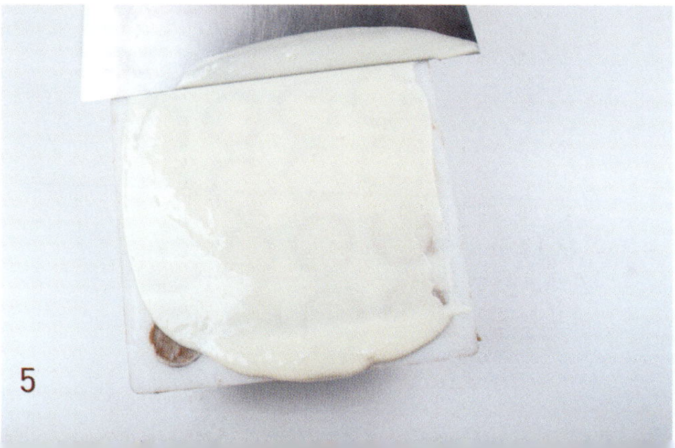

5

Preparación

1 **Encamisa** los moldes de bombón con una primera **cobertura** de chocolate negro.

2 Para darle más color al bombón, puedes hacer otro **encamisado** con una **cobertura** de chocolate blanco (rellena el molde y saca el sobrante de chocolate al cabo de unos minutos).

3 Funde la manteca de cacao y mezcla con el praliné. Añade los Peta Zetas® y el maíz tostado troceado y **atempera** el conjunto a 26 ºC.

4 Dosifica el relleno para el bombón en el molde **encamisado**, llenando el 90 % del contenido. Deja cristalizar en un lugar seco y fresco.

5 Una vez endurecido el relleno del bombón, cubre el molde con más **cobertura de chocolate** blanco y deja cristalizar 12 horas.

6 A las 12 horas **desmolda** los bombones dando un golpe seco con el molde contra una mesa, pero con cuidado para no romper los bombones.

CONSEJO

¡Utiliza cubiteras de silicona para dar formas divertidas a tus bombones!

fácil 30’ 25’ 2 h

Bretonas de chocolate

Chocolate
Desayuno
Merienda
Para llevar
Tradicional

Ingredientes

Para el *sablé* (pasta brisa)

130 g de mantequilla

80 g de azúcar moreno

40 g de yemas de huevo

110 g de harina para pastelería

0,5 g de levadura química

Para las placas de chocolate

100 g de **cobertura de chocolate** blanco

25 g de manteca de cacao

c/s de colorante verde

c/s de colorante amarillo

EL TRUCO

Si quieres variar el sabor, puedes sustituir un 10% de la harina por cacao en polvo o coco seco rallado.

2

2

3

Preparación

¡Manos en la masa para preparar las bretonas de chocolate o sablés Bretón!

1 **Poma** la mantequilla y ponla en un bol. Con la ayuda de una pala mezcla el azúcar moreno.

2 Incorpora las yemas de huevo y la mezcla previamente tamizada de harina y levadura química. Trabaja la masa lo mínimo para no provocar que se encoja.

3 Dosifica en un molde previamente encamisado con mantequilla y harina.

4 Cuece las bretonas durante 25 minutos a 170 ºC.

Sigue...

5 Encima de una hoja transparente de acetato aplica un poquito de los colorantes y pincela con manteca de cacao previamente calentada a fuego a 50 ºC.

6 Cuando consigas un dibujo bien bonito de manteca de cacao y colorantes, aplica la **cobertura** blanca **atemperada**, extendiéndola con la ayuda de una espátula (o paletina). Cuando veas que al tocar ligeramente la **cobertura** no se te mancha el dedo, ya puedes cortar discos del mismo diámetro que el de las bretonas.

7 Para obtener un buen brillo del chocolate, deja reposar los discos sobre el acetato en un sitio fresco y seco durante 2 horas.

8 Cuando hayan pasado las 2 horas, despega los discos de chocolate y pégalos con una gota de chocolate **atemperado** en las bretonas.

#SergiVelaKIDS

¡Comparte con nosotros tus habilidades pasteleras! Pide a un adulto que suba una foto de tus bretonas de chocolate a Twitter o a Instagram.

TOMA NOTA

La manteca de cacao es la grasa natural comestible procedente del haba del cacao. Siempre que tengamos que calentarla, es mejor hacerlo en el fuego directo ya que tiene un punto de fusión de casi 40 °C.

medio 20'

Carteles de felicidades

Chocolate

Fiestas

Para sorprender

Ingredientes

Cobertura de chocolate blanco y negro

Preparación

1 Para elaborar placas de chocolate blanco, funde la **cobertura** en el microondas consiguiendo una temperatura de 45-50 ºC.

2 Vierte el chocolate fundido sobre una mesa de mármol o granito y pasea el chocolate con una espátula, extendiéndolo de las orillas hacia dentro repetidamente hasta que el chocolate blanco llegue a 28 ºC.

3

5

7

8

3 Recoge rápidamente el chocolate y mézclalo bien para igualar temperaturas y así conseguir un producto estable.

4 Mételo en el microondas 10 segundos y vuelve a mezclar para igualar temperaturas. Es importante no pasarte de los segundos recomendados. Si te pasas ¡tendrás que repetir todo el **templado**!

5 Prepara unos folios de papel y echa chocolate **templado** encima de los folios. Alisa con una paletina y deja cristalizar ligeramente.

6 A los 3 minutos el chocolate estará cristalizado, para ello es importante que la temperatura no pase de 23 °C. No trabajes en un sitio caluroso.

7 Una vez cristalizado, corta rectángulos con la ayuda de un listón. Da la vuelta al papel y despega con cuidado.

8 Haz un **cornete** de papel (te lo explicamos en la página 188). Llena con **cobertura** negra **atemperada** (a 31 °C) y ya puedes escribir la felicitación o el mensaje que quieras. ¡Deja volar la imaginación!

Si no tienes tiempo de hacer tus placas de chocolate blanco y necesitas escribir una felicitación, lo puedes hacer rotulando por la parte plana de una chocolatina blanca.

fácil 20' 20' 2h

Cookies

Chocolate
Merienda
Para llevar

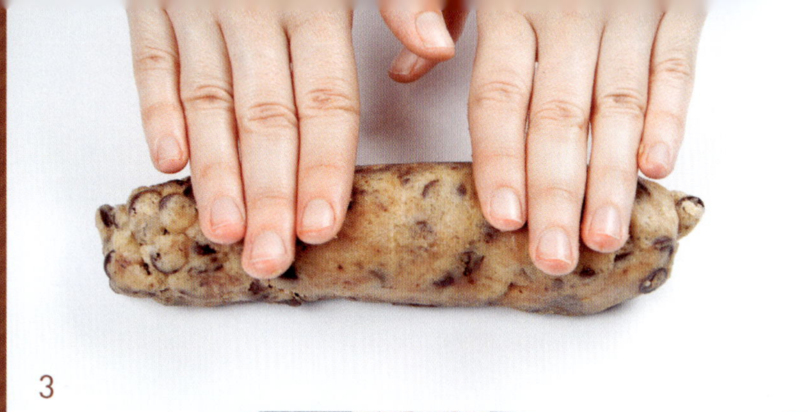

3

4

Ingredientes

70 g de mantequilla
115 g de azúcar moreno
1 huevo
1 vaina de vainilla
5 g de sal
120 g de harina para pastelería
2,5 g de bicarbonato sódico
2,5 g de levadura química
140 g de pepitas de chocolate

Preparación

1. **Poma** la mantequilla y añade el azúcar moreno, el huevo, la vainilla y la sal.
2. **Tamiza** la mezcla de harina, levadura y bicarbonato e incorpórala a la preparación anterior.
3. Añade las pepitas de chocolate y deja reposar en la nevera durante 2 horas.
4. Pesa bolas de 15 g y aplástalas ligeramente sobre un papel de cocina en la bandeja de horno. Hornéalas durante 20 minutos a 170 °C.

TOMA NOTA

Estas galletas son conocidas en todo el mundo y las de chocolate tienen mucho éxito. Experimenta y hazlas de otros sabores, sustituyendo las pepitas de chocolate por nueces de pecán, avellanas o piñones...

Glosario

Abrillantar
Dar brillo con gelatinas de fruta, huevo, azúcar... para una presentación más bonita.

Almíbar
Azúcar disuelto en agua al que podemos añadir limón, especias...

Atemperar (o templar)
En pastelería se utiliza cuando se necesita igualar o regular la temperatura de una preparación. En el caso del chocolate se hace extendiéndolo sobre una superficie de mármol o granito y «paseando» el chocolate extendiéndolo de las orillas hacia dentro repetidamente hasta que llegue a la temperatura que queremos.

Azúcar invertido
Azúcar usado en repostería cuya función es retener la humedad en los productos. Tiene un poder edulcorante muy alto. Lo puedes substituir por miel, pero la miel aporta sabor, mientras que el azúcar no.

Azúcar perlado o bolado
Azúcar con aspecto de cristales muy gruesos y duros. Es como el carbón de Reyes pero sin colorantes y triturado. Lo puedes comprar en tiendas de repostería.

Baño María
Forma de cocción en la que se coloca un cazo dentro de otro con agua. Es importante que el agua no llegue a hervir.

Biscuit
Bizcocho.

Blanquear
Montar las yemas con azúcar hasta conseguir una textura parecida a la mayonesa.

Boquillas
Son unos utensilios metálicos o de plástico con forma de cono que se colocan en la manga pastelera y sirven para decorar. Los hay lisos, rizados y mixtos.

c/s
Abreviatura de cantidad suficiente.

Chantillí
Elaboración de origen francés que significa nata montada con azúcar y aroma de vainilla. Es seguramente la receta de crema más antigua que se conoce.

Cobertura de chocolate
Es un tipo de chocolate de calidad (ya sea blanco, con leche o negro) que contiene entre un 32 % y un 39 % de manteca de cacao. No confundir con el porcentaje de cacao del chocolate; por ejemplo, en el libro hemos usado del 55 %, 60 % y 70 %. La cobertura proporciona una textura muy líquida y un acabado brillante.

Cornete (o cartucho)
Cucurucho de papel que sirve para hacer decoraciones en chocolate y otras cremas.

Desmoldar
Sacar del molde cualquier producto.

Emulsionar
Mezclar dos líquidos de forma más o menos homogénea.

Encamisar
Untar paredes y fondo del molde con mantequilla o harina para evitar que se pegue el producto al manipular o cocer.

Escudillar
Pasar cualquier pasta por la manga pastelera para poder repartirla en la bandeja de horno o bien para usarla como decoración o relleno.

Filmar o tapar a piel
Cubrir un alimento con papel film o con un trapo húmedo, por ejemplo, de forma que esté en contacto con el alimento. De este modo se forma una película protectora contra el aire que evita, entre otras cosas, que se seque u oxide el producto.

Fórmula
Conjunto de ingredientes con sus pesos exactos necesarios para hacer una receta.

Glasear
Recubrir alimentos con una sustancia brillante, a menudo dulce.

Harina floja
Harina para repostería.

Infusionar
Técnica de cocción que consiste en introducir un ingrediente en un líquido caliente con el fin de que desprenda su sabor, aroma, color y nutrientes y estos se mezclen con el líquido.

Liofilizado
Un alimento liofilizado es aquel que ha pasado por un proceso en el que se le elimina una gran parte de su contenido en agua.

Manga pastelera
Utensilio con forma de cono que normalmente es de plástico y sirve, con la ayuda de una boquilla, para poder realizar decoraciones sobre pasteles.

Mise en place
Conjunto de tareas de organizar y ordenar los ingredientes necesarios para la elaboración de una receta.

Montar
Acción de batir uno o más ingredientes para que queden esponjosos y tengan más volumen.

Planchas
Biscuits escudillados en una bandeja de horno y cocidos en forma de lámina.

Pomada
Textura de la mantequilla que está blanda pero no derretida. Para conseguirla se puede dejar a temperatura ambiente durante 2 horas, o bien reblandecerla en el microondas.

Punto de nieve
Resultado de batir las claras de huevo con azúcar hasta conseguir una textura firme. Puedes hacer el experimento de girar el bol y, si no cae, ¡está a punto de nieve!

Tamiz
Utensilio que sirve principalmente para pasar harina y conseguir que sea más fina y que no tenga grumos.

Cómo hacer un cornete

Te explicamos cómo hacer un cornete o cartucho que te servirá para hacer decoraciones originales con chocolate o con otras cremas.

1 Corta un papel de horno de 20 x 20 cm y dóblalo como se ve en la foto.

2 Corta por la marca del doblado y separa los dos trozos.

3 Coge una de las mitades por la punta del medio y enrolla el papel sobre sí mismo.

4 Rellena el cartucho y dobla la parte superior para que no se salga el chocolate.

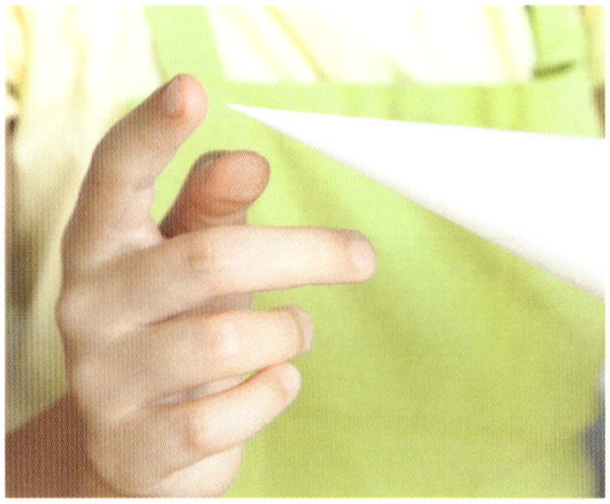

5 El cartucho tiene que quedar bien cerrado. ¡Comprueba que la punta pincha!

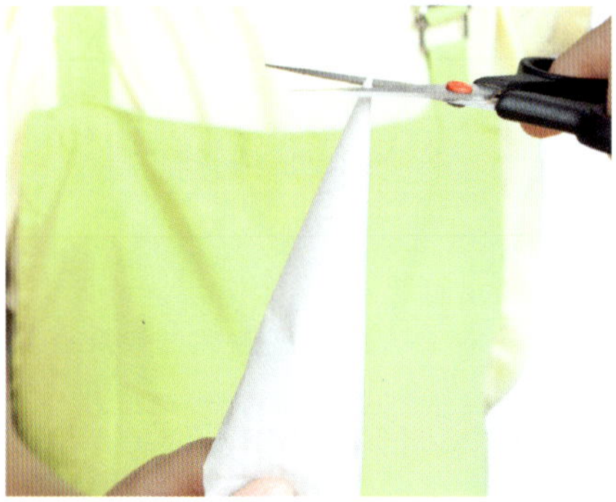

6 Corta la punta del cartucho un poco, no mucho para evitar que salga demasiado chocolate. ¡Ya puedes empezar a dibujar con chocolate!

TOMA NOTA

Si no te sale a la primera, no te preocupes, no es fácil. Sigue intentándolo, ¡seguro que lo consigues!

Agradecimientos

Quiero dar las gracias a mi ejército de pasteleras porque ellas son las que me han ayudado a crear las recetas e inventillos de este libro, siempre con mucha ilusión, implicación y sin mirar nunca el reloj.

Casualmente todas ellas son chicas, estudiantes de la **Escola d'Hoteleria i Turisme de Barcelona**, todas ellas enamoradas de algo que nos ha hecho coincidir en un tiempo y un espacio, todas ellas locas por la pastelería.

Al principio, como es normal, yo era el profe y ellas las alumnas, pero con el paso del tiempo, de las horas de trabajo y de los conciertos tocados, la relación ha cambiado y ellas han conseguido su sueño, ser técnicas en pastelería, y ya no son alumnas, sino compañeras de oficio en esta nueva dulce aventura.

"Todas ellas enamoradas de algo que nos ha hecho coincidir en un tiempo y un espacio, todas ellas, locas por la pastelería".

Empezando por **Alicia Lamsdorf**, nuestro motor alemán, dándole revolución al ritmo más dance. **Cristina Merino**, enfermera de profesión, es la que aporta orden y la más detallista. **Khiara Montoya**, trabajadora, imparable, incansable, puro nervio. **Giovanna Solís**, nuestra intelectual de la pastelería, sería la voz de la conciencia. **Asun Albero**, química, implicada en el trabajo, siempre tan activa, risueña y la mejor baterista. **Meritxell Ribas** es capaz de explicar 30 chistes seguidos, la mejor defensa central, paciente, resolutiva y aplicada. Y finalmente, **Mireia Pala** con mucho rock and roll, aunque ella en realidad lo que baila y muy bien, es el ballet.

Gracias, chicas, ¡sois las mejores!

Making of

Quiero agradecer enormemente a todas las empresas que nos han cedido su espacio para realizar todas las fotografías de este libro tan goloso. Sinceramente, sin vosotros no habría sido posible. Han sido unos días muy divertidos y entretenidos y valoramos enormemente la paciencia, simpatía y lo bien que nos habéis cuidado.

Las primeras sesiones de fotos se hicieron en **Culinarium**, situado en la calle Gran de Gràcia, 69, de Barcelona. Recuerdo en aquellas jornadas la emoción del inicio de proyecto. Además, fuimos a la **Cookiteca**, situada en la calle Santaló, 64, de Barcelona. Aquí el equipo creativo ya conseguía un engranaje perfecto. Finalizamos el libro en las cocinas de mis amigos de **Casanovas Catering**, situado en la calle Calabria, 113, de Barcelona.

Ha sido una experiencia muy enriquecedora, donde hemos aprendido, hemos compartido, hemos disfrutado, hemos reído y hemos hecho buenos amigos.

Gracias, gracias y gracias.

Idea original: **Sr. y Sra. Cake**
Diseño y maquetación: **Sömi Graphic Studio**

Provença, 101 - 08029 Barcelona
info@editorialjuventud.es
www.editorialjuventud.es

Primera edición, 2015

ISBN: 978-84-261-4221-4

DL B 20364-2015
Núm. de edición de E.J.: 13.192

Impreso por Impuls 45
Printed in Spain